続　バンカーの叫び

呉　虎男
KURE Torao

文芸社

目次

第一章　誤返却　4
第二章　未送信　27
第三章　不渡屋　56
第四章　酸素マスク　81
第五章　社内紛争　105
第六章　フラッシュバック　～あとがきに添えて～　131

第一章　誤返却

涼介は1階の本店長室のソファーに座っていた。

クーラーが効いているものの、今年の夏は例年に比べて暑さが厳しく、9月に入ってもまだまだ暑い日が続いている。

ましてや、男たち10人が集まって朝から、さほど広くない部屋で、南京錠やダイヤルが付いたワイヤーロックを片手にジュラルミンもどきの手のひらより、ちょっと大き目なプラスチックケースを、取っ手部分から、ぐるぐる巻いたり、横にしたり、縦にしたり、前や後ろにしたりと、何やら触っている。

涼介はこの光景を見て思わず「くすっと」笑ってしまった。

それを見ていた副本店長の田辺が怖い顔をしながら、

「中本部長、真剣にやってください！」と、一喝された涼介は、

「だって、大の男がよってたかって真面目な顔しながら、朝から何やってるんだろうと、思わず笑ってしまいました」と、頭を掻きながら話したのであった。

その二人のやり取りを見ながら、正面に座っていた吉川本店長もこの週末にホームセンターで買ってきたと思われる南京錠やワイヤーロックで例のプラスチックケースをぐるぐる巻き始めた。

「うまくいかないな！」

「こうやればいいかな！」

「ダメだダメだ、こんなんじゃ開けられてしまう！」

「誰だよ、自転車のワイヤーロック持ってきたのは！　これじゃ重いよ！」

「取っ手の隙間を通して十文字にしたらどうか！」

「ダイヤル錠は4桁のものじゃなきゃダメだよ」

「3桁のダイヤル錠しかないよ、これじゃダメかな」

みな好き勝手なことを言っている。でも楽しんでいるようにも見えていた。

時計は8時半を指していた。なにやら始めてから30分程経とうとしている。

朝のミーティングは、毎週月曜日の朝8時から行っていた。

副本店長の田辺が口を開いた。

「あの、ダイヤル錠は4桁のものにしてください。3桁のものだと、千通りしかないので15分もあれば開いてしまうから。4桁なら1万通りあるので」

「だから4桁なんですね」

「いいですか、3桁のものはダメですよ」

それからしばらくすると、10人の男の中で、1番若くてイケメンの笹本次長が、ワイヤーロックを十文字にかけて、南京錠をセットしたジュラルミンもどきのプラスチックケースを皆で囲んでいるテーブルの上に置き、自信ありげな表情で口を開いた。

「これでどうでしょうか！」

「いいんじゃない！」

「これなら開けられないよ！」

「笹本さん、よくやった！」

みな、ほっとした表情で笑っている。


実は、先月のことである。

涼介が本店に転勤になった矢先の出来事であった。

本店は大きな会社の取引先が数千社あって、日本一の事務量を誇っている。

大量の振込や税金のデータ、財形取引の処理データなどのやり取りを、事務センターを介して行う業務があった。主にＤＶＤを使ったやり取りが多い。

数千社に及ぶ取引先には、同じような名前の会社が多く、これがやっかいなのである。本店はいくつもの部署を、それぞれのベテラン事務員が仕切っている属人的な世界であった。

その中で川上が仕切る為替チームで事件は起きた。

「谷山さん、私、明日と明後日休みだからN社の処理済のDVDが事務センターから届いたら当日中にN社に送ってね。くれぐれも気をつけて間違わないように頼むね！」

川上は4月に入社した新人の谷山さんに話しかけた。

谷山は笑顔が素敵な今時の若者である。

「川上さん、分かりました。ゆっくり休んでくださいね！」

さわやかな言葉づかいで谷山は答えていた。

翌日、事件は起きた。

谷山がN社に送るべき処理済みデータが入っているDVDをN社サービスへ送ってしまったのである。二つの会社は同じ系列の会社であるが、実体は全く別の会社であった。

N社は東京にあり、N社サービスは大阪に本社がある。

谷山も4月に入社し、仕事も少しずつ覚え、自信がついてきた矢先のことであった。

「申し訳ありません、私のミスです」

谷山は泣きながら上司の小山代理へ報告していた。

いわゆる処理済データが入ったＤＶＤを違う会社あてに送ってしまったのである。大変なチョンボであった。

小山代理も渋い表情で口を開いた。

「谷山さん、ここは気をつけるよう川上さんからも何度も説明あったよね、泣いていてもしょうがないから、ちゃんと説明して！」

谷山は泣いていて言葉にならない状況であった。

小山と谷山は涼介のところに向かった。

「中本部長、ちょっとやっかいなことが起きてしまいました。Ｎ社へ送るべき処理済みのＤＶＤデータを誤って大阪のＮ社サービスへ送ってしまいました。申し訳ありません。ＤＶＤには大量の振込データが入っています。宅配便で昨日大阪の本社に送りましたので今日届くかと思います。どうしたらよいでしょうか」

涼介は黙って小山と谷山の顔を見ていた。しばらく沈黙が続いている。

涼介が口を開いた。

「ＤＶＤの中には振込データは何件くらい入っていますか」

「約５千件くらいかと思います」

「誤送付の原因は何ですか？　川上さんは、あ、そうか、昨日と今日は休暇だったね。DVDのケースには鍵はかかっていますか？」

「ケース自体はロックはされるものの鍵はありません」

小山はバツの悪そうな声で答えた。

ぐっと泣くのをが我慢していた谷山が話し始めた。

「申し訳ありません。私の単純ミスです。宛名ラベルを作る際に思い込みでN社サービスの口座番号をインプットしてしまいました。中身の再鑑（二人以上で確認し合うこと）依頼をせずに自分で処理して送ってしまいました」

小山もこの発言を聞いて、厳しい顔で、

「どうして再鑑に回さないの、私だって部長だっているでしょ。他の方だって、誰でもいいのよ。谷山さん、自分一人で処理するから単純ミスするんじゃない」

ちょっと感情的になっている。それを聞いた谷山はまた泣き始めてしまった。

涼介はこれ以上ここで話していてもどうしようもないと思い、吉川本店長のところに走っていった。涼介の走ってきた姿を見ると、副本店長クラスの者も何か事件が起きたのだと思い集まってきた。

涼介は吉川本店長の前に行って口を開いた。

涼介の横に立っていた小山代理も神妙な顔をして吉川本店長と涼介を交互に見ている。

「ちょっと事務ミスのご報告があります。お客様の処理済みのＤＶＤデータを誤って別のお客様に送ってしまいました。誤って送ってしまった先は大阪の会社になります。とりあえずケースを開ける前に何とか取り返しに大阪に行きたいのですが、宜しいでしょうか？誤送付の原因は、単純な宛名ラベルの作成ミスと送付時に別の担当者が再鑑してなかったことによるものです。原因と再発防止策については、別途検討いたしましてご報告いたします。これから営業本部の担当者に連絡を取って一旦報告し、足元の対応について説明いたします。取り急ぎこれから新幹線で大阪には、小山代理に行ってもらおうと思います」

ひと通り涼介の話を聞いた吉川本店長が口を開いた。

「なんという会社ですか？　ＤＶＤの中には何のデータが入っているのですか？」

「正しい送付先はＮ社、誤って送ってしまった先は大阪のＮ社サービスです。

ＤＶＤの中のデータは、振込先の銀行、口座番号、名前、金額等の入った約5千件の処理済みのデータになります」

「その2社は系列の会社ですか」

「恐らく同じ系列でしょうが、実態は別々であるため、情報漏えいの問題があります。何としてもケースを開ける前に取り戻したいと思います」

「わかりました。小山さん、気を付けて行ってきてください」

本店長とのやり取りが10分ほど続き、涼介は自席に戻って、インターネットで時刻表を検索し、小山代理にこれからすぐに大阪に行くように話し始めた。

小山代理は大阪の土地勘も無いようで心配げな顔をしながら涼介に話しかけた。

「中本部長、私あまり大阪に行ったことが無いのですが、新幹線は『こだま』で行くのでしょうか」

「笑わすなよ、『こだま』で行ったら日が暮れちゃうよ。『のぞみ』で行くんだよ、『ひかり』って言うんだったらまだましだけど、『こだま』？　冗談は顔だけにしてくれよ」

「すいません、中本部長の厳しい顔みていたら、ちょっと言ってみたくなってしまって」

それを聞いていた田辺副本店長が中本部長に話しかけた。

「中本部長、私が行ってきますよ。地元が京都だから、関西方面は土地勘もあるし、ちょっと女性より男の方がいいと思うので」

「そうですか、そう言っていただけるとありがたいです。宜しくお願いします」

田辺も笑いながら小山に話しかけた。

「小山さん、このトラブルは貸しね、今度ビール奢ってよ」

「副本店長、ビールでもワインでもどうぞ、つまみも付けちゃいます」

３人で笑っている。でもそれどころではない。

「副本店長、これがＮ社サービスのＤＶＤになります」

「じゃあ、行ってきます。Ｎ社のＤＶＤは何としてもケースを開ける前に回収してきますよ」

「宜しくお願いします」

涼介は副本店長に頭を下げた。

そして、肝心なことを思い出し、小山代理に指示し始めた。

「Ｎ社の担当は営業第４部だったかな」

「４部の横田調査役です、次長は関口さんです」

「そうか、４部か、ちょっとうるさいな。小山さん、ちょっとアポ取ってくれる」

「今すぐですか？」

「そう、取り敢えず起きたことの報告とお詫びをしておこう」

「わかりました、連絡とってみます」

大阪に着いた田辺は、タクシーに乗ってN社サービス本社前で降りた。N社サービスの本社前にちょうど宅配便のトラックが止まっていて、走って玄関に向かっていき、大きな声で叫んだ！

「その宅配便を開けんといてください」

受付の女性もびっくりして、なんだなんだとけげんそうな顔をしていた。

「すいません、私こういうものです。東京から御社のＤＶＤをお届けに参りました。間に合って良かったです」

「え、東京からですか？」

「この宅配便のＤＶＤは違うものです。申し訳ありません。こちらになります。ほんま助かったわ、いや失礼しました」

もともと大きな声の田辺は、関西弁になっていた。

その後、受付の女性とその上司に機関銃のような関西弁で汗だくだくで弁明する田辺がいた。ＤＶＤを開ける前で何とか間に合ったと安堵する田辺の姿を見ていた受付の女性が、汗だくの田辺にペットボトルの水を渡し、田辺は一気に飲み干していた。

一息ついたところで、恐る恐る田辺は、

「昼飯を食いそびれまして、私、関西出身で久しぶりにお好み焼でも食べようかと思っていまして、この辺に美味しいところありますか？」

受付の女性やその上司も笑いながら、

「よっぽど腹へっているんやね、任しとき、案内するわ」

思わず頬を赤くして田辺が嬉しそうに笑っていた。


ところで、本店では、４階の営業本部に涼介と小山が向かい、担当の横田調査役あてに今回起きた事務ミスと、今、ＤＶＤの差し替えで大阪に向かっている説明をしていた。

育ちのよさそうなキリッとした背の高い、いかにもエリートの風貌の横田は怪訝な顔をしながら、

「どうしてこんな単純なことが起きるのですか？　原因と再発防止をどうするのか考えてから来てくださいよ。これじゃ、Ｎ社にもＮ社サービスの方にも説明できませんよ」

ぐっと我慢して涼介も下手に出ながら話し始めた。

「別途本店長ともお詫びと事情説明に参りますので、とり急ぎ今できることは、Ｎ社サービスあてに訪問し、ＤＶＤの取り返しと差し替えです。情報漏えいになる前になんとか食い止めたいのです。横田調査役から一旦Ｎ社とＮ社サービスへ一報入れていただけませんか」

横田も渋々うなずきながらも、

「経緯書を作って説明に来てください。再発防止を入れて、私から今起きている事実のみ先方に伝えておきますから」

「ありがとうございます。ご迷惑かけて申し訳ない」

営業本部から出てきた涼介と小山は急ぎ足で本店の執務室に向かっていた。

「まあ、あんなもんだよ、営業本部のエリートさんには、こちらが迷惑かけたから謝るしかないね」

「中本部長、ありがとうございました」

「まだほっとしている場合じゃないから。副本店長は間に合ったかな」


席に戻るとちょうど田辺副本店長から涼介の携帯に電話がかかってきた。

「中本さん、なんとか間に合ったわ。間一髪だったわ」

まだ関西弁になっている。

「ごめんごめん、こっちに来ているから関西弁になってしもた」

「副本店長、ありがとうございました。今、営業本部に行って、ミスが起きた事象と、足元出来ることを説明してきました」

「営業本部から、ぐちぐち言われましたか」

「原因と再発防止策をちゃんと考えてから来てくれ、などと言われましたが、今、副本店長が、ＤＶＤの差し替えに大阪まで行ってる、まずは情報漏えいの防止を最優先したいと話しました。ＤＶＤは間に合って良かったです」

涼介も田辺も電話口で笑っている。


レインボーブリッジが良く見える応接室に通され、神妙な顔つきの本店長の吉川と涼介はソファーに座っている。

涼介は、再発防止策の書かれた経緯書を眺めながら話の順序だてを考えていた。

ここは浜松町にあるＮ社の30階建て本社ビルの一室である。

営業本部の横田も同席していた。今日はそれにしても暑い。丸の内から電車に乗って浜松町に行き、Ｎ社の本社ビルまで10分以上歩き、汗だくだくの涼介であった。謝ることには慣れている涼介であるが、何度やっても最初どんな方が来るのか、やはり憂鬱である。

しばらくすると白髪の責任者と思われる男と、横田をちらっと見て目配せ軽く会釈している背が高く30代後半と思われる育ちのよさそうなスマートな男が壁側の席中央手前に座った。Ｎ社の遠山部長と佐藤主任である。

吉川と涼介はすっと立って、近寄って行き名刺交換を行った。

皆がそれぞれ席に着いたことを確認して横田が口を開いた。

「遠山部長様、佐藤主任様、今日はお忙しいところお時間いただきありがとうございます。お電話で概略はご説明いたしましたが、今回ご迷惑とご心配をお掛けしたことについて、改めて弊社事務部門の責任者の中本と本店の責任者の吉川を連れて再度ご説明とお詫びに参りました。御社にお届けすべきＤＶＤを誤って大阪の御社関連のお会社、Ｎ社サービス様へ宅配便で送ってしまい、昨日大阪に行って開封前に回収して参りました。そして今日お届けに上がった次第です。大変申し訳ありません。つきましては、ことの経緯と再発防止について、担当の中本からお手許にお渡しいたしました資料に沿ってご説明させていただきたくどうぞ宜しくお願いします」

中本は緊張した面持ちでは話し始めた。

「Ｍ銀行の中本でございます。本日は、お忙しいところお時間をいただき、またＮ社様にはご心配とご迷惑、またＤＶＤのお届けが遅れましたことをお詫び申し上げます。大変申し訳ございません。それでは、今回のミスに関しまして、その原因と再発防止に関してお渡しいたしました資料に沿ってご説明させていただきます。まずは、起こしてしまったミスの内容についてですが、御社の月末支払いの振込済ＤＶＤデータが、弊社事務センターから3日に届きました。これは銀行内のメールカーで色々な資料や現物が一緒に入った大きなバッグが毎日朝と夕方の2回、私どもの本店に到着いたします。その中から部署ごとに分類されて、私が所属する営業部為替チームに届きます。そしてN社あてのご住所、部署の入った宛名ラベルを作成してＤＶＤケースに貼付して宅配便にてお送りするフローになります」

ちょっと早口でしゃべっている涼介を見兼ねて、吉川が話を遮って話し始めた。

「M銀行の本店長の吉川でございます。この度はご迷惑をお掛けして誠に申し訳ありません。中本のご説明の中で、銀行用語が出てきてわかりずらいことがあれば、遠慮せず、その場でご質問していただけますか？　我々は普通にしゃべっていることが、御社の部長様や主任様に伝わったかどうかちょっと気になったものでお話しさせていただきました。宜しくお願い申し上げます」

少しせっかちなところがあって、時たま早口になってしまう涼介であった。吉川に目配せしてまた涼介が話し始めた。

「月末に処理したＤＶＤは約50社くらいありまして、その中には、銀行の窓口に取りに来られる会社様や担当者がお届けする会社様、N社様のように宅配便でお送りするお会社など様々でございます。宅配便でお送りする場合は、会社の住所、部署名などが記入された宛名ラベルの作成を行います。宛名ラベルの作成方法は、会社の口座番号をコンピュータ端末機にインプットすると自動的に出来るような仕組みです。宛名ラベルはシールになっていますので、専用の宅配便専用のケースにそのラベルを貼付して宅配の手配をいたします。御社は当日ＤＶＤが本店に到着したら、過去御社からのご要望もございまして、当日すぐにお送りするように手配する段取りになってございます。他の会社様は翌日発送の処理をしております。今回、Ｎ社様のＤＶＤが入った宅配専用の箱に大阪の会社のラベルを誤って貼ってしまい、大阪に送ってしまいました。大変なミスをしてしまい申し訳ありません。どうしてわかったかと言いますと、翌日に他の会社を含めて大阪の会社のＤＶＤを発送しようとしたら、Ｎ社様の宛名ラベルが貼ってあるＤＶＤが残っておりましておかしいと思って中身を確認したところ、大阪の会社のＤＶＤとなっていて、それぞれのシールを間違えて貼っていることに気が付いた次第です。単純なミスで何とも恥ずかしく弁解のしようがございません。すぐその足で大阪に出向きＤＶＤを開ける前に間一髪で回収して差し替えをして参りました。ＤＶＤケースはロックするのですが、鍵はございません。ここまでのご説明でなにかございますでしょうか？」

うなずきながら聞いていた遠山部長が話し始めた。

「大阪の会社はN社サービスでしたね」

「はい、そうでございます」

「私どもと関係があると言えば多少関係はあるが、子会社でもなく、協力会社で資本などはないのです。間一髪で回収差し替え出来たのは不幸中の幸いだったが、どうしてこんな単純なミスが起きたのですか？　M銀行とあろうものが……」

涼介は、痛いところをつかれたと思って話し始めた。

「おっしゃる通りでございまして、本当に単純なミスでお恥ずかしい限りです。ラベルを貼付した際、ラベルと中身を別の担当者が再度確認することになっているのですが、それが出来ていなかったことが原因でございます」

それを聞いていた横田も口を開いた。

「なぜ再鑑しなかったのか遠山部長は聞いているので、今の話では答えになっていないですよ」

いつの間にか横田は相手側にたった発言を始めた。

涼介は、「なんだよ、会社側に付いてこっちを攻撃しているじゃん」と心の中で思っていた。

「申し訳ありません。なぜ再鑑しなかったと言われると弁解のしようがございません。

あってはいけないのですが、担当者が処理したものを別の担当者が確認しなかった、ここを今後確りやって参ります」

　遠山と一緒に話を聞いていた佐藤が口を開いた。

「再発防止策は中身を再鑑することだけですか？」

　涼介は心の中で「話を次に進めてくれて良かった」と思いながら再発防止策の話を始めた。

「宛名ラベルと中身の確認は、チェックリストを使います。そしてＤＶＤケースに鍵がないので、ケースにワイヤーロックをかけて、もし万が一誤って送ってしまってもケースが開かないようにいたします」

「寸前で開けるのを防ぐのですか？」

「万が一のことを考えて４桁の暗証付きのワイヤーロックにいたします。それを開けるには、１万通りあるので大丈夫です。時間稼ぎにはなります」

　もういいよと言わんばかりの遠山も笑っている。

「４桁は１万通りもあるのですか？」

「そうです。この週末にホームセンターで、それぞれ色々なワイヤーロックを買って皆で持ち寄ってこれにしました。これならなかなか開かないですよ」

佐藤も笑っている。

「3桁のワイヤーロックは何通りなのですか？」

「1千通りくらいですかね」

「それでも中々開かないよね」

「万が一のことを考えて4桁のワイヤーロックにいたしました。もし宜しければ今度お持ちして実験いたしましょうか」

遠山は笑いながら、

「中本さんの話を聞いていると、また間違えて送ってしまった場合に、寸前で開けられないようなワイヤーロックを使った再発防止策で、抜本的にミスが起きないように、送る前に確認する仕組みを徹底して欲しいですね」

涼介は頭を掻きながら、

「恐れ入ります。ご指導ありがとうございます。肝に銘じて緊張感を持って業務を行い、ミスの無いよう確り行ないます」

ワイヤーロックの話で盛り上がり、内心「しめた」と涼介は思っていた。

もともとN社とM銀行は親しくしている間柄と横田から聞いていたので、そんなに大きなトラブルにはならないだろうと思っていた涼介であったが、DVDの中身を見られたら得意先の情報が漏れる可能性もあったため慎重に対応し、最後は笑い話になっていた。得意先情報が洩れるとN社やN社サービス以外の会社に影響が出てしまうことを考えると恐ろしいと思う涼介であった。

最後に涼介は、菓子折りを置いてきた。

この菓子折りは、東京駅限定の洋菓子で若い女性に人気があるのですよ、と付け加えて遠山に渡した。遠山も笑っている。

その後遠山が登山愛好家とわかり、時たま涼介のところに電話がかかってくる。昨日はどこの山に行ったとか、今度木曽駒ケ岳に行くんだけど、中本さん行ったことがあるかなどと、親しくしてもらっている。

N社を後にして、涼介は横田と話していた。

「横田さん、申し訳なかったね。迷惑かけて……」

「いいえ大丈夫です。最後は遠山部長もワイヤーロックの話で笑ってましたね。もうミスは出来ないので確りお願いします」

「了解、了解。横田さんが途中で話し始めたときには、なんかN社側に付かれた感じがして責められてどうなるかと思いましたよ。一応こっちの味方になってもらわないと、頼むよ。一緒に責めないでよ」

「すいません。そんな感じでしたか?」

吉川本店長もその会話を聞きながら笑っている。それにしても暑い。


本店に戻って横田と営業本部の関口次長のところに向かった。

涼介は関口の席の前でことの顚末を話し始めた。

「関口さん、申し訳ない。迷惑かけて」

「よかったですね、一応解決して。さっき遠山さんから電話貰って、もっと責めようと思っていたけどワイヤーロックにやられたと言ってましたよ」

「そうですか、お恥ずかしい限りです」

「中本さん、その話今度聞かせてくださいよ」

「いつでもいいですよ。別に笑いを取ろうと思って話したわけではないのですけどね。この手のミスはそんなに起きるものではないのですが、以後起きないよう十分気を付けて慎重にやりますので」

それにしても出番が多いなと、ここのところ独り言が多い。

自席に戻って、川上、谷山、小山代理を呼んで話し始めた。

「N社へ本店長と営業本部の横田調査役と一緒に行って、お詫びと再発防止策の説明に行ってきました。一応先方も納得され、ことは収まりましたが、もう失敗は出来ません。ついては、チェックリスト活用と再鑑の徹底を必ず行ってください。谷山さんは4月に入社して仕事も慣れたころですね。慣れたころにミスが起きるものです。ミスはミスとして起きてしまったことは仕方ないのですが、慎重に業務を行うように」

谷山もここのところ元気がない。今にも泣きそうな声で、

「ご迷惑をおかけしました」と返事をしていた。

川上も自分のチームで起きたこと、谷山に仕事をお願いしたこと、ちょっと早かったかなと反省している様子であった。それを感じた涼介は、川上と谷山の方を見ながら、

「谷山さん、面白い話を聞きたいですか」

「なんですか、聞きたいです」

小山代理と川上には帰って来た時に概略の説明とワイヤーロックの話で盛り上がったことを聞かせていた。

「谷山さん、ワイヤーロック大作戦。名付けて、W・L・D」

「なんですか、それ、なになに？」

小山も谷山も川上も吉川も田辺もみんな笑っている。

その後、ワイヤーロックの話や、「小山こだま事件」は極めつけであった。

本店内あちこちで笑いの渦に包まれていた。

涼介が本店に異動になって1ケ月、本店はいい組織だとつくづく感じる涼介がそこにいた。

涼介はこの週末に「会津駒ケ岳」に登山に行くことになっていた。

「遠山部長にお土産でも買ってこようかなあ」と独り言を口ずさみ、天気を心配する涼介だった。


（第五章につづく）

第二章　未送信

坂上彰は工務店を経営している。

こじんまりとした会社であるが、受注先にも恵まれていることもあり、コロナ禍も何とか踏ん張り、ここのところ仕事も順調で、久しぶりにまとまった休みが取れて、長野県にある中房温泉の登山口にいた。今日は8月7日の月曜日で、今週いっぱいの夏休みである。

坂上は、北アルプスの表銀座縦走の登山に来ていた。山の会のメンバー6名で3泊4日の山行である。燕岳～大天井～槍ヶ岳～西鎌尾根～鏡平を経由して、新穂高温泉に抜けるロングコースである。北アルプスは2回目だが、3泊のロングコースは初めてである。昨日は、中房温泉に泊まったので、それを入れると4泊5日になる。

初日、中房温泉から燕山荘経由し大天井までのコースは、北アルプス三大急登でもあり、初日から長く厳しいコース、もちろん初めての経験でこの暑さで体力が持つか心配な坂上であった。山の会のメンバーは坂上より年上であるが、平気で3千メートル級の山に行く頼りになる仲間である。この4日間の天気は晴れの予報であるが、山の天気はわからない。

いつ雨が降ってくるかわからず、最も怖いのが雷であった。登り始めて40分が経過しようとしている。

「そろそろ休憩しましょうか」と坂上がみなに声をかけた。

汗を拭きながら年長者で今回のリーダーである元木さんが話しはじめた。

「坂上さんはこのコースは初めてだよね、これからが北アルプスの三大急登でもっときつくなってくるからゆっくり行くのがいいよ」

先頭を行く坂上はどうしても少し速くなってしまっていた。

「わかりました、ちょっと歩くのが速いですね」

「まだ先は長いので休み休み行きましょう、でも今のところ天気も大丈夫そうな感じだけどいつ雷がくるかわからないから気を付けて行きましょう」

年長者の元木さんはよく山を知っている頼りになる先輩であった。

「まずは合戦小屋まで頑張りましょう、その先に行くと槍が見えるから」

「槍」とは登山する誰もが憧れる「槍ヶ岳」のことである。

それにしても山に行くと何もかも忘れて集中する坂上であったが、ちょっと気になることが、ふと頭をよぎった。

それは「10日の決済資金をA社からの入金分で賄うこと」であった。

経理担当の石田には念押しして、メインバンクのS銀行にもA社から入金がある旨説明しておいた。

石田は先代の父親の代から苦楽を共にした社員であり、坂上にも小言が言える唯一の社員である。石田は先週、坂上の休み前にこう話しかけていた。

「社長、大丈夫ですよ、私がちゃんとやっておきますから、安心して登山を楽しんできてください。血圧が高いんだからあまり根を詰めないように」

「それじゃあ、お言葉に甘えて石田さん宜しくお願いします、なにかあれば携帯に電話ください、山の中だと繋がらないかもしれないけど、履歴が残るから、繋がる場所から連絡しますよ、決済日の10日のお昼には山を下りているから連絡できますよ」と付け加え答えていた。

「ところで石田さんはいつ休みを取るの？　実家の両親も心配でしょうから休みを取って長崎に帰ってきてくださいよ」

石田は長崎出身で大らかな人物であった。

よくお酒を飲むと長崎弁が出る。とっておきの話は「くんち」談義である。これを話し出すと止まらない。以前10月初めに大口の取引の成約した際、飲みに行って散々「くんち」の話を聞かされた。石田の話を聞いていると長崎に一度行ってみたくなる。不思議な感覚であった。

「くんち」とは毎年10月初めに行われる長崎のお祭りのことである。


吉本浩史は相変わらず忙しい日々を送っていた。

ロビー課の部下たちは何かあると浩史に相談するようになってきて、ここのところ独り言も日に日に増えている。

「なんでもかんでも俺に言ってくるなよ、頼むから今日は何も起こらないように」とブツブツ浩史は言っている矢先に、カウンターで大きな声をだしているお客がいる。

「やれやれ、朝っぱらからなんだよ」と心の中で一呼吸して窓口に向かっていた。

上司の笹下はぎっくり腰で1ケ月休んだ後、多少良くなって出勤しているが、すっかりテンションも下がり浩史に任せている。

笹下は休み中に起きた色々な出来事を支店長から聞いていることもあり、ここ最近は、浩史に一目置くようになっている。

「お客様、どうされましたか?」

「通帳が記帳出来ないいんだよ、機械から通帳が戻されたときに、窓口に問い合わせするようにと、窓口に来たら番号札引けとはどういうことだよ、急いでるんだよ、早くしてくれよ」

「申し訳ありません、お客様、ここではなんですからこちらへどうぞ」

浩史は、お客を落ち着かせるためには低いカウンターに案内した。

「私、窓口の責任者の吉本でございます。お手間をかけて申し訳ありません、他のお客様もいらっしゃるので私がここで対応させていただきます」

なんとか興奮していたお客も落ち着き帰っていった。

一息つき席に戻ったら机の上に伝票が山のようになっている。それを見た浩史の独り言がまた始まった。

「誰だよ、机の上にそのまま伝票置く奴は、これ振込じゃないか、え、他行あてだよ、早く回さないと、ダメだよ、送信時限に間に合わなくなっちゃうよ」

他行あて振込時限は午後3時10分である。窓口では午後2時を過ぎると翌日扱いでいいかお客に確認して対応している。

浩史は特に振込には口がすっぱくなるまで注意するように、皆に時あるごとに話している。特に同じ銀行であればなんとかなるのだが、他行あて振込のトラブルはお客に多大な迷惑をかけることになる。

その日の午後、駅近くに街宣車が止まっていた。何やらスピーカーで銀行に向かって吠えている。

「なんだなんだ、うちに向かってなんか言ってるぞ」

「どうしたんだ、なんだなんだ」

笹下と浩史もロビーから駅の方に走って行った。街宣車のスピーカーから、

「この銀行はお客の預金をネコババしている。詐取しているとんでもない銀行だ。すみやかに返せ！」と大音量でまくし立てている。

「かんべんしてくれよ」と浩史は口ずさんでいた。

銀行に戻った浩史はおもむろに名刺を取り出し電話を掛けようとしていた。

そこに2階にいた支店長がやってきた。

「吉本代理、駅の方で騒いでいる街宣車は何ですか？　うちに向かって何か言ってるように聞こえますが、心当たりありますか？」

浩史は電話の受話器を置いて支店長の方に向いて話し始めた。

「思い当たることは無くはないのですが、あとで報告しますので、警察へ電話していいですか？」

「わかりました、私は2階支店長室にいますのでなにかあれば言ってください」

「お騒がせして申し訳ありません」

受話器を取った浩史は、名刺の電話番号にかけ始めた。

「鴨下警部ですか？　Y銀行の吉本です。いつもお世話になっております。今電話大丈夫ですか？」

「吉本さん、どうしました？　何か事件ですか？」

「はい、実は駅前に街宣車が来ていて私どもの銀行に向かって騒いでいるのです」

「何と言ってるのですか？」

「お客の預金をネコババしているとんでもない銀行だ。すみやかに返せ！　みたいなことを言ってるのですよ」

「そうですか、何か思い当たることはあるのですか」

「ないことはないのですが、今話した方がいいですか？」

「まあ、あとでいいでしょう、ちょっと行きますよ、その輩はなにか銀行さんに迷惑かけていますか？」

「特攻服を着た怖そうな方が銀行前に立っています、お客様も怖がっています」

「わかりました、そういう状況であれば立ち退きするように話しますから」

「ありがとうございます、何時ごろ来られますか」

「今出ますので、5分くらいで行けると思いますよ、吉本さんも大変だね、この前の置き引き騒ぎもあったし、外国人の詐取事件もあったよね」

「貧乏暇なしですよ、そういう宿命なのかな、あまりいいとは言えませんね」

お互い電話口で笑っていた。腕時計を見たら1時50分だった。

「島ちゃん、食堂の佐竹さんに電話して、腹減ったからおにぎり作ってもらえるか聞いてみてくれる?」島ちゃんは、ロビー課の事務チーフで頼りになるベテランの女性であった。

浩史も全幅の信頼を寄せていた。


そうこうしていると首都圏警察の鴨下警部、制服警官3名がロビーから入ってきた。

「吉本さんいるかな、首都圏警察です」

ロビーの案内係の北川が、突然制服警官が入ってきたので、目をクリクリさせて、

「かしこまりました、吉本をすぐ呼んできます」と言ってすっ飛んできた。

ちょうど3階の食堂でおにぎりを食べ終わって1階に降りてくる浩史の姿を見て、ロビー係の北川が、

「吉本代理、警察の方が来られました」と上ずった声で伝えた。

「ほんと早いな、ありがたい」とロビーにいる鴨下に頭をさげて向かっていく浩史であった。

「鴨下さん、ほんと早いですね、ありがとうございます、銀行入り口のところに強面の方はいましたか？」

「警察手帳見せて退散するようにと言ってやったから、もう駅前の街宣車もいないと思うよ」

「ありがとうございます、助かりました」

「吉本さんがいるとトラブルが多いですなあ」

「そう言わんといてくださいよ」

「だって本当のことだもの、そういえば街宣車の思い当たることは何なの？」

「実は1ケ月くらい前ですかね、えっと7月初め、そうそう月初の時ですね、偽造と思われる残高証明書を持ってきた60代くらいの男性がいまして、預金を調べてくれと言ってきた方がいたのですよ」

「金額はどのくらいだったのですか」

「１００億です」

「なに、１００億？」

「そうなんです、でも残高証明はカラーコピーのような書式で完全に偽造ですね、偽造とは先方には言えないので、これは私どもで発行したものではありませんと話して帰ってもらったんですよ、1時間くらい粘られましたが、最後に覚えてろと捨て台詞を吐いて帰っていきました、その関係ですかね」

「吉本さん、それかもしれないね」

「いずれにしても鴨下さんに来てもらって助かりました」

「吉本さん、またなにかあったら言ってよ、でもしょっちゅうはやめてよ」

「わかりました、出来るだけご迷惑かけないようにいたします」

「あと、そういう輩はまたいつ来るかわからないし、帰り際に待ち構えているかもしれないので、特に女子社員の方は、何人かで一緒に帰るようにしてください」

「怖いですね、分かりました」

そろそろシャッターが閉まる3時に近づいていた。

浩史は席に戻ると机の上が伝票の山になっていた。

「やれやれ、なんだよこれ、頼むよ！」といつものように独り言が始まっている。

伝票を急いて振り分けて特に今日は「五十日」である。伝票も多く振込も多い。「五十日」とは5と10が付く日を指し、いわゆる「ごとうび」と呼ばれ企業の手形支払日や決済日、振込処理も多く、窓口も混雑する銀行にとっては忙しい日である。そこに外回りをしている須藤がやってきた。

「吉本代理、ちょっといいですか。1週間前に渡してあるA社の振込処理ですが、先方からまだ入金になっていないと言ってきているのですが、ちょっと調べてもらっていいですか?」

浩史はやな予感がした。

「須藤さん、金額はいくらの分ですか」

「確か2千万円の振り込みで、S銀行の坂上工務店宛てです」

「島ちゃん、今日処理の先日付管理簿持ってきて!」

「吉本代理、これですが、どこの分ですか?」

「A社の振込処理だけど、ちょっと口座から引き落としになっているか見て」

「ちょっと待ってください」

島ちゃんは、端末機でA社の口座番号をインプットして異動明細を照会したが口座からは引き落としになっていない。

浩史は大きな声で、

「みんなちょっと来て、A社の振込処理の伝票を探して!」

浩史は時計を見た。3時20分を指している。そして為替係の脇野さんに向かって銀行便覧を持ってくるように指示した。

「須藤さん、先方のお客は決済資金かな」

「たぶんそうだと思います、先方もちょっと焦っていたので」

島ちゃんが大きな声で、

「吉本代理ありました、処理していません」

「どこにあったんだよ」

「端末機の処理済みのところに間違えて入っていました」

「なにやってるんだよ、すぐ持ってきて！」

相手先の銀行はS銀行の北支店であった。浩史は為替係の脇野に向かって叫んだ。

「S銀行の北支店の電話番号をすぐ調べて！」

慌てて脇野が電話番号の小メモを浩史に渡した。

そして、浩史はおもむろに電話を掛けはじめた。

「Y銀行の吉本と申します、為替事務担当の責任者の方をお願い出来ますか？」

電話に出た女性は、

「ちょっとお待ちください」と保留音が聞こえている。

「もしもし、S銀行の事務責任者の田城です」

「申し訳ありません、実は本日電信処理でそちらさまに振り込みする2千万円を洩らしてしまいまして、これから現金を持っていきたいのですが、本日中になんとか、ご入金の処理をお願いできないでしょうか、決済資金と伺っておりまして、もう他行の振込時限が過ぎておりますが、なんとかご対応お願い出来ないものかご相談した次第です。ご迷惑をお掛けして申し訳ありません」

「え、これからですか？」

「はい、いま現金を準備して出かける体制も出来ていますので1時間くらいで行けると思います」

「坂上工務店様の分ですか？」

「はい、そうでございます」

S銀行の田城も矢継ぎ早に話してきた浩史の勢いに押されて、

「わかりました、至急持ってきてください」と折れてくれた。

「助かります、恩に着ます、これから出発します」と浩史は電話を切って、島ちゃんに
「あとのことは頼む」と言った。

そして、資金係に向かって、

「2千万円の現金を準備して！　車より電車の方が早いからすぐ出発する」

「S銀行の北支店の住所教えて、京浜東北線の駅前かな」と脇野にも話しかけた。

「吉本代理、たぶんそうだと思います、ホームページを見てみますね」

浩史はかばんに現金を入れて出かけた。

ロビー課長の笹下や支店長も口が出せないほどすさまじい浩史の勢いにあっけに取られていた。


さて、北アルプス登山を満喫している坂上は、燕岳～大天井岳～槍ヶ岳を登頂して鏡平山荘から新穂高温泉へ向かっている。

「いやあ、天気がよくて槍ヶ岳からの眺めは最高でしたね」と坂上は、リーダーの元木に向かって話しかけた。

「坂上さん、初めての『槍』でこんなに天気が良いなんて、ずるいよ、俺なんか3回かかったからね」

一緒にいた松木が笑いながら、

「槍もそうだけど、西鎌尾根も最高でしたね」と、答えていた。

途中、ワサビ平小屋でラムネを飲みながらキュウリを食べていると、坂上の携帯が鳴った。

やな予感がした坂上は恐る恐る電話を取った。会社の石田からであった。

「社長、休暇中申し訳ありません、ちょっとやっかいなことが起きています。

今日入金になる予定のA社からの振込処理を先方銀行が洩らしてしまったようで、まだ入金になっておりません」

「え、もう3時過ぎているけど、どうなっているのかな、ずっと山にいたので理解ができないのだけど、A社から連絡があったのですか、先方銀行はどこかな」

「Y銀行です、A社から連絡ありまして、Y銀行に確認したところ振込処理を失念したと、社長ご心配かけて申し訳ありません」

「石田さんのせいじゃないよ、それでうちの決済はどうなっているの」

「とりあえずこんな時のために当座貸越契約があるので当座預金の決済は済んでいます」

「そうか、一応大丈夫なんだね」

「はい大丈夫です」

坂上は現実に戻されどっと疲れが出てきた。

石田は電話越しに坂上に続けて話しかけた。

「先方のY銀行の方が現金を持ってS銀行に向かっているようです、どうしても本日入金して欲しいと話しているようです」

「あれもう4時近くだけど入金できるのかな、随分律儀な銀行だね」

「そうなんです、社長」

「まあ、こんな時のために当座貸越契約しておいて良かったね、石田さん」

「マイナスになったら利息だけでもY銀行に請求しましょう、社長」

「あとは石田さんにお任せしますよ、山にこもっていたので頭が回らないから」

「社長、承知しました、明日はご自宅ですか？」

「疲れているから10時ごろ携帯に電話してください」

「かしこまりました」


汗だくの浩史はS銀行の通用口に来ていた。インターホン越しに名前を名乗って、通用口から入って行った。

白髪の田城らしき人物が浩史の前に現れ応接室へ案内された。

「恐れ入ります」と浩史は恐縮しながら通路奥の応接室に入っていった。

「Y銀行の吉本と申します」

「S銀行の田城です」お互い名刺交換しておもむろに1千万円の束を2つ取り出し、応接テーブルの上に置き、事情を説明して入金依頼をお願いした。

田城は大束を手に取り、万券の束数を数えて、

「お預かりします、少々お待ちください」と言って応接室を出ていった。

名刺には事務営業部次長の肩書が記されていた。

しばらくして田城がノックして応接室へ入ってきた。

手には領収書を持っている。顔は笑っていた。そして浩史に向かって、

「ここまで駅から走ってきたのですか？」

「はい、ダッシュで来ました」浩史の汗が噴き出している。

「ちょっとペットボトル持ってきて」田城は事務の女性に向かって声をかけ、

「冷たいものでも飲んで、まずは落ち着いてください、それにしてもお互い、因果な商売ですなあ」

「おっしゃる通りで、毎日が戦争です」

「まあ身体だけはお互い気を付けましょうよ、寿命が縮むばかりですなあ」

と二人は笑っていた。浩史も笑いながらも神妙な面持ちで、

「田城次長、今日は本当にご迷惑をおかけいたしました。当日中のご入金対応ありがとうございました。時間外になってしまって申し訳ありません。皆さん残業になってしまいま

したね」

「吉本さんのY銀行さんで残業代を出してもらえますか」

「えっと」

「冗談ですよ」

「すいません、あのもう1件お願いがあるのですが、入金先の坂上様にお詫びをしたいのですが、連絡先を教えていただけないでしょうか」

「連絡先は教えられないのですが、私から先方に連絡とってみましょう」

「ありがとうございます」

「少々お待ちください」

田城が席を外したところで、浩史も上司の笹下へ電話した。

「課長、今S銀行で入金処理してもらいました。ちょっとこれから坂上工務店へお詫びに行ってこようと思います」

「吉本君、そこまでやる必要ありますか?」

「入金処理が出来たとはいえ、我々のミスにより坂上様へご迷惑を掛けてしまったのでちょっとお詫びに行ってきますよ」

「わかりました、あと何かありますか」

「あ、そうだ、A社へのお詫びはどうしますか」

「さっき渉外係の須藤君から連絡あって、渉外課長と一緒にお詫びに行ってきたようで、こちらは大丈夫ですよ」

「ありがとうございます、坂上さんへ連絡できたみたいなので、失礼します」

「吉本さん、坂上さんへ連絡してみました。なんか社長は夏休みで経理の石田課長がいるようです、お詫びはいいよと言ってましたが、行かれますか」

「はい、この足で行ってきます」


駅前で菓子折りを買ってタクシーに乗り込んだ。坂上工務店の住所を運転手に告げてどのくらい時間がかかるか運転手に聞いた。

「そうですね、7、8分くらいかな」

「運転手さんありがとうございます」

坂上工務店は、大通りから1本入った住宅地の一角にあった。1階が事務所、2階と3階が自宅のようである。事務所兼用の大きな屋敷であった。

事務所には電気がついている。インターホンを押して名前を告げると、

「どうぞ」と応えが返ってきた。中に入ると人のよさそうな経理課長と思われる白髪の男

性が現れた。

「いらっしゃい、Y銀行の方ですか？　経理課長の石田です。まあ中へどうぞ」

「初めまして、Y銀行の吉本でございます。この度は私どものミスで御社にご迷惑をお掛けしまして大変申し訳ありません。取り急ぎお詫びに参りました」

「大変でしたね、大金を持って遅くに銀行まで行ったのですか」

「振込処理を洩らしてしまいました。わかったのが3時を過ぎていて、もう振込処理が出来ず、どうしようもなくて、慌ててS銀行様になんとかお願いして現金での入金をお願いした次第です」

「どうして洩れてしまったのですか？」

「まだ詳しく原因究明が出来ていないのですが、これから振込をする伝票を誤って完了した場所に置いてしまい、ちょうど今日は銀行も10日で処理するものが大量でその中に埋もれてしまったようです、なんとも情けないことでご迷惑をお掛けして申し訳ありませんでした」

「そうですか、そんなミスも起きるのですね」

「はい、あってはならないミスなのですが、起こしてしまいました」

「その後のリカバリーは早かったですね、弊社社長も関心していましたよ、社長は今週夏休みで北アルプスに登山に行ってるのですよ、社長から本日が決済日なのでしっかり頼むと言われていたところだったのですよ」

「そうでしたか、私どものミスでご心配をお掛けして大変申し訳ございません」

「その後の処理が早く大丈夫ですよ、今日はわざわざありがとうございました」

「とんでもございません、遅い時間にお伺いしてしまい申し訳ありません、社長様にも宜しくお伝えくださいませ」

20分ほど滞在して、帰り際に菓子折りを置いてきた。どっと疲れた浩史であった。


支店に戻った浩史は、笹下と一緒に2階の支店長室に向かった。

「支店長、笹下です、本日の事務ミスと日中の街宣車の件で報告にあがりました」

「そうですか、今日は大変でしたね」

「ご心配をお掛けしました、今日の件、吉本君からご報告させていただきます」

疲れ切っている浩史は早く帰りたいと思いながらも、事細かく報告を始めた。

翌日、寝不足の浩史であったが、朝一番で渉外課の須藤と課長のところに昨日のお詫びに向かった。ちょうど須藤が出勤してきたところで、声をかけた。

「須藤さん、昨日は迷惑を掛けました、申し訳ない、課長来ているかな」

「部屋にいますよ」

須藤と一緒に渉外課の藤江課長のところに向かい頭を下げながら、

「藤江課長、昨日はご迷惑を掛けました、大変申し訳ありません、A社の方にも行ってもらいすいません、私が行くべきことなのにありがとうございました」

「単純なミスですか、ちょっとお粗末でしたね」

「情けないです、起こってしまった原因を究明して再発防止を行います」

「そうですね、再発防止策は私にも教えてください」

「わかりました」

席に戻った浩史は、S銀行の田城あてに昨日の御礼の電話をしておいた。

話の中でちょっと気になることを田城から聞いた。

「吉本さん、坂上社長からちょうど電話があったので、私からも説明しておきました。社長から、吉本さんのY銀行さんの近くに取引先があるので時間があったら寄ってみたいようなことを言ってましたよ」

「え、お叱りですかね」

「いや、電話の感じでは違うと思いますよ」

「そうですか、でも気になります」と電話を切った。

そうこうしていると時間は9時を指そうとしている。

庶務行員の佐藤さんが明るく大きな声で、

「開店します」

皆が席をたって、挨拶を始めた。

「いらっしゃいませ」

「おはようございます」

いつもの光景である。

「今日も色々あるのかな、そうだ、昨日の原因究明と再発防止策を考えなくっちゃ」と浩史の独り言が始まっていた。

昨日の出来事を振り返り始めた浩史であったが、振込を洩らしたことが一番の問題なのだが、街宣車のこともあってそれを考えるとなんか怖くなってきて、「そうだ、鴨下警部にも電話しておかないと、再発防止策も考えないといけないのに、ほんと貧乏暇なしだよ」独り言の連発である。受話器を取った浩史は鴨下警部に電話をかけ始めた。

「鴨下警部ですか、Y銀行の吉本です、おはようございます」

「あ、吉本さん、昨日は大変でしたね」

「なんか聞きましたよ、あれからあちこち飛び回っていたようで」

「警部、なんで知ってるのですか」

「昨日あれからおたくに電話かけたのですよ。帰り際に輩がいると困るから大丈夫かと思って、電話に出られた脇野さんという女子社員の方が、吉本は今出かけていていつ帰って来るかわからないと言うので、今日の街宣車のことですかって聞いたら違う件だっていうから、また別の事件ですか、って聞いたら警察沙汰じゃないですって」

「脇野が余計なことを言ってしまって」

「吉本さん、トラブルを呼ぶ銀行員だね」

「冗談はやめてくださいよ、昨日遅くなったことはお客のことなのであまり話せないのですが、大金持って他の銀行に行ったのですよ」

「やっぱり、トラブルを呼ぶではなく、起きるべくして起こす銀行員さんだね」

「バンカーと言ってくださいよ」

「失礼、バンカーだね」

「ゴルフのバンカーにはよく入れるけど」

鴨下と話し始めるとお互い話が止まらない。警察とこんな仲良くなっていいのか、悪いのか、疑問に持ちつつ頼りになる知り合いがいるのは心強いことである。

しばらくすると、窓口で大声を出し、ＡＴＭコーナーでもロビーの案内係に向かって声を荒げている。ロビーの北川さんと警備の佐藤さんが同時に、

「吉本代理、お願いします」と声をかけてきた。

「なんだよ、いくら俺でも一人二役のトラブル対応は出来ないよ」ぶつぶつ浩史は言っている。

「ちょっと待ってください、今行きますので」

ロビーに走っていき、お客に向かって、

「落ち着いてください。今お話をお伺いいたしますので」

ＡＴＭのお客様の用は操作の仕方だったようで島ちゃんにお願いしておいた。

カウンターの方は、接客に不満があったようで、応接室に通してお詫び、確りとテラーの教育をすることで収まった。Ｙ銀行のファンのようでお小言であった。

この手のお客は責任者の行員とたまに話がしたいのである。

それから席に戻って、昨日の振込未送信の原因と再発防止策を作って笹下へ報告、書面にて支店長宛て回付するよう指示を受け作業に取り掛かっていた。

午後になり、ソファーに青い作業着を着た50歳くらいの方が浩史の方を見ていた。気づ

いた浩史が会釈をするとカウンターに近づいてきたので、浩史も慌ててカウンターに向かった。作業着には坂下の名前があった。

浩史は思わず、あ、と声を出し、

「坂下社長ですか？」

「吉本さんですか、坂下です」と名刺を出してきた。

「初めまして、Y銀行の吉本でございます、昨日は御社に大変なご迷惑をお掛けしてしまい申し訳ありませんでした」

「こっちのほうに取引先があってついでにY銀行さんに寄ってみようかとアポなしで来てしまい、ロビーから忙しい姿を見ていました」

「お恥ずかしい限りです」

「昨日は遅くまで大変だったようで、まあミスったことはあとのことで帳消しにしますよ」

「恐れ入ります、わざわざそのことを言うために来ていただいたのですか」

「あ、そうそう、吉本さんがどんな方か会ってみたくなってね」

「社長、穴があったら入りたいですよ、今、昨日おこしてしまったミスの原因と再発防止策を作っていたのですよ、いつもこんなことやっているからどんどんミスが出来ないように追い詰められていきます」

「我々工務店の仕事も現場の職人がやらかしたことの後始末ばかりですよ、ただ、できあがったものを見て、お客さんが喜んでくれてありがとうと言ってくれるとホッとしてまた頑張ろうっていう気になるんだよね」

「そうですね、いい話をありがとうございます」

「そうだ、ところで会社の方はメインバンクがS銀行なので取引できないけど、個人の運用などは他の銀行のほうが色々都合よくてね、ちょっと1億ばかり運用の相談したくてね、ちょっと寄せてもらったのですよ」

「ありがとうございます、つかぬことをお伺いいたしますが、どうして当行にと思われたのですか」

「いや、石田から昨日の吉本さんの対応聞かされてね、なかなか現金を持ってね、どうしても当日中に入金して欲しいなんて言う人もいないだろうし、出来るものでもないし、そういう行動力と考えを持っている方に大事なものを預けてみようかと思ってね」

「ありがとうございます。そう言っていただけると銀行員冥利に尽きますよ、それで社長、私は事務方の人間なので運用のプロがいるのでちょっと紹介させてもらっていいですか」

「いいですよ、どうせ窓口に来たら吉本さんがいるから、安心ですよ」

苦労した甲斐があったと渉外課の須藤に連絡したら、ちょうど在席していた。すぐ1階で坂下社長を紹介して昨日のいきさつ、最初に須藤がA社の振込処理を心配して吉本に繋いだことなど3人で話し始めた。

それから折角だから法人口座の普通預金も作っていただけることになった。

浩史は日頃、事務を専門にやってきてこんなことは初めてであった。

昨日の疲れが吹っ飛んでしまい、ロビーに向かって、

「いらっしゃいませ」と浩史は叫んでいた。それにしても今日も暑い。

「みんな誘ってビアホールでもいこうかなあ」と島ちゃんに声をかけた。

「吉本代理、良かったですね、苦労した甲斐がありましたね」と嬉しそうに話しかける島ちゃんがいた。

「昨日のお疲れさん会、皆を誘ってみますよ、もちろん笹下課長と吉本代理のおごりで頼みます」

「わかったよ、島ちゃん」と浩史は笹下の方に視線を送った。

それを見た笹下も、

「俺、まだ腰がいたくてお酒はあまり飲んじゃいけないって医者から言われているけど、今日は嬉しいからビールくらい飲んじゃうよ、今日は俺のおごりだ」

「課長、言いましたね、よ、太っ腹」

あちこちで笑いが起きていた。今日は週末、来週も頑張ろうと思う浩史であった。

（続く）

第三章　不渡屋

「しまった、タイマーの時間を間違えた。金庫が開かない！」浩史は、金庫の前でダイヤルを何度も何度も回していた。時間は7時40分をさしている。

もうかれこれ10分以上は格闘している浩史であった。

今日は4月1日の月曜日、ゴールデンウイーク、年末と並び、1年で一番忙しい日である。それも3月31日が週末だったため、月末・期末日の決済日と年度初めの日が同時となり、誰が考えても、多忙を極めるのはわかり切っていた。

「朝からついてない、ちきしょう！」と浩史の独り言が、早くも始まっていた。課長の笹下は、先週から、例のぎっくり腰が再発して休んでいる。

「どうしようか」と悩んだ末、浩史は受付の守衛室で脚立を取り出してきた。

「しょうがない、マンホールを開けて入るか、そうだ懐中電灯はどこだっけかな」守衛室の机や物置で懐中電灯を探し始めた。

「あったあった、朝から散々だよ」浩史ひとりで、誰も聞いてくれない。

週末、金庫のタイマーは、翌日からの休みの日数や時間を考慮して、より注意してセットしないと、この日のように朝から金庫が開かない事態となる。

先週の金曜日は久しぶりに水道橋の居酒屋で昔の仲間、同期との飲み会があった。ここは、九州もつ鍋が売りであるが、刺身、揚げ物など、何を食べても美味しく、もうかれこれ10年以上は通っている。

金曜日は朝から「金庫を5時半に閉める」と宣言して、いつもより2時間早く閉めたため、タイマーのセットを間違えたようである。

浩史は、脚立を金庫側面のマンホール前に置き、「よっこらしょ」と言って足をかけ、ダイヤルを回し始めた。マンホールを開けるのは2回目であった。

1回目は、昨年末だった。金庫に2つあるダイヤルの1つが、すり減ってしまい、ダイヤルを回しても、滑って空回り、いわゆる「バカ」になったときに、マンホールから金庫に入った。その後、金庫業者を呼んで修理してもらった以来である。

その時は、懐中電灯も持参せず、マンホールから、「おっかなびっくり」金庫に入り、真っ暗の中でかなり危ない思いをしたこともあり、今回はその反省を生かして懐中電灯を持っていた。

なんとか、マンホールから金庫に入り、懐中電灯を照らし、扉のロックを外し、分厚い金庫正面扉を開けることができた。

「やれやれ、ようやく開いた」腕時計を見ると8時10分を指していた。

朝から貴重な時間をロスしてしまい、なんか不吉な予感を感じる浩史であった。

朝の準備をしていると、机上の電話が鳴り、受話器を取ると支店長からであった。

「吉本君、笹下課長は今日も腰の状態が悪く出勤が出来ないから、期初の繁忙日で申し訳ないがミスのないよう確り頼みます」

浩史は、しかめっ面してうなずきながら「わかりました」と答えた。

笹下課長の出勤は難しいと朝から構えていたので、「今日も一人でやるか」とほっぺたを2、3回たたき、時計を見るとまもなく8時40分、慌てて「朝礼始めるよ」と浩史は皆に声をかけた。毎日のルーティーンである。

朝礼を済ませ、9時にシャッターが開き、お客がどっと入ってくる。

この光景は活気があっていい反面、忙しい前兆である。

朝一番に行内のメールカーが到着し、それが終わって9時半過ぎに執務室に戻って、待ち人数の表示機を見ると、あっという間に50人を超えている。

待ち時間も40分で点滅を繰り返している。朝からロビーもカウンターも殺気立っていた。

窓口のサポートしながら、ロビーに目を配ると、ローカウンターの方ではお客が騒いでいる。

「お客様、どうしましたか」

「何分待たせるんだ」

「申し訳ありません」

「定期預金を解約して他の銀行に振り込んだら悪いのか、使い道なんか言う必要ないだろう。自分の金を使うのになぜ根掘り葉掘り聞くんだ！」

「申し訳ありません、満期日前の定期預金のお支払いで金額も大きいものですからお客様のご預金をお守りするためにお聞きしているのです。ご気分を害してしまったこと、お詫びいたします」

「まあいいよ、月末の決済資金が足らないので他の取引銀行に振り込むんだよ」

「かしこまりました。お手続きをさせていただきますので、ご本人様を確認させていただきたく運転免許証等はお持ちですか？」

「これでいいかな」

「はい、ありがとうございます。お手続きさせていただきますので、少々お待ちくださ い」

「どのくらい時間がかかるかな」

「昨日の期末日と年度初めが重なってしまってかなり混雑しております。40分くらい見ていただけるとありがたいです。お待たせすることになり申し訳ありません」

「それじゃ、ちょっと1時間くらい、用足しに行ってくるよ」

「かしこまりました、またご来店の際は声をかけてくださいませ」

「わかった、宜しく頼む」

かれこれしていると、今度はATMのところで、年配の方が操作が分からず、その後ろに並んでいる客がイライラしている。

「何してるんだよ、何分かかっているんだよ、操作が分からなかったら、銀行の人に聞けよ」ロビーも窓口もATMもてんやわんやである。


2時を過ぎて少し落ち着いてきたので、浩史は食堂でおにぎりでも食べようかと廊下にでたところ、ロビー課チーフの島ちゃんが追っかけてきた。

「吉本代理、ちょっといいですか」

「島ちゃん、どうしたの。怖い顔をして」

「実はA社の当座預金が残高不足で決済できないのです」

「連絡はついているのですか」

「はい、朝、先方の社長様と連絡がついて、交換請求の手形の明細なども、説明していま
す。社長は3時までには入金するからと言っておりました」

「いくら足らないの」

「450万円位です」

「A社の渉外係の担当者はいませんか？　貸出もないのかな」

「純預金先ですね」

「わかった、会社は近くだったよね、ちょっと行ってくるよ」

「わかりました、後のことは私がやっておきますので、宜しくお願いします」

「支店長に話して1階の降りてきてもらうから」

その足で2階の支店長室に向かった。

「支店長、ちょっとよろしいですか」

「吉本君、どうしました、なにかトラブルですか」

「当座預金が残高不足で決済出来ない取引先が1社あるのです」

「何という会社ですか」

「A社です」

「いくら足らないのですか」

「450万円位です。会社が近くなのでちょっと様子を見に行ってきても宜しいですか」

「いや、まだ閉店までには1時間近くあるし、吉本君じゃなく、渉外担当者に行ってもらいましょう。そうだな、店周地区だから須藤君だね」

「ご迷惑かけます、宜しくお願いします」

期初なのでこの時間には外訪担当者はみな在席していた。支店長が渉外課長に連絡し、須藤が支店長室へノックして入ってきた。

「支店長、ご用件は課長からお聞きしました。A社に行って様子を見てくればいいのですね」

「忙しいのに悪いな、須藤君、この会社のことは知っていますか」

「預金のみの取引先で特段接触はないですね、ただ古くから地元で商売していることくらいしか情報はないですね」

「そうですか、分かりました。手形の決済が残高不足で出来ないのです。このままだと不渡りになるかもしれませんので、ちょっと訪問して欲しいのです」

「かしこまりました」

しばらくすると須藤が戻ってきた。

「支店長、先ほど電話した通り、女性の事務員がいましたが、社長には連絡が付かないようです」

「そうですか、吉本君、ぎりぎりまで待ってどうするか考えましょう」

「わかりました」

ようやく3時になり、シャッターが閉まった。

「それにしても忙しかったね、お疲れさま」と窓口担当者やロビーの北川さんにも浩史は声をかけていた。声かけは浩史の日課になっている。

執務室では、伝票の整理も終わり、勘定照合のタイミングに入り、島ちゃんから、

「計算照合取ります、はいゴメイになりました」

あちこちでまばらではあるが拍手が起きていた。

浩史は時計を見て島ちゃんに声をかけた。

「島ちゃん、A社から連絡ありましたか？」

「会社に電話して女性の事務員の方に社長の携帯番号を聞いて連絡しているのですが、まだ連絡がつきません」

「自宅にも電話しましたか？」

「はい、自宅も留守で、メッセージも入れています」

「もう4時か、これ以上待てませんね。A社の資料ちょっと見せてください」

「これです」

「A社とは、30年以上の取引ですね。ちょっと支店長に相談してきます」

浩史は2階の支店長室へ上がっていった。


「支店長、A社ですが、まだ入金がありません。社長の携帯にも留守電入れていますが、連絡付きません。折り返し電話もないです。自宅にも電話しましたが留守です。会社にも訪問して誠意も尽くしました、もう時間的にも待てないし、連絡も付かない、明日まで決済を猶予することも出来ないと思います。今日は手形を握って、明日最悪先方銀行に行って、店頭で返還する方法もありますが、入金の見込みは無いし、やはり不渡りで返しましょう」

手形の握りとは、翌日朝一番で入金・決済出来る見込みが確実にある場合、異例扱いで、その日の不渡り手続きを猶予することである。

「ちょっとA社の資料見せてください。30年以上の取引先ですか、う〜ん、やむを得ないですね、分かりました。不渡りで返してください」

1階に降りてきた浩史は、

「島ちゃん、A社は第一号不渡りで返します、不渡届とチェックリストを記入して持ってきてください」と島ちゃんに向かって言おうとしたら電話の受話器をとっている姿があった。保留音にした島ちゃんは浩史に向かって、

「吉本代理、A社から連絡が入っています。ただ社長様ではなく代理の方だと言ってます、ちょっと代わってもらえますか」

「わかった、何番」

「保留1番です」

「お電話代わりました、事務の責任者の吉本です。A社の方ですか?」

「社長の代わりの者ですが、ちょっとこれからそちらの銀行に行きますので」

「どのようなご用件ですか」

「手形のことですわ」

「いや、会社や社長様の自宅や携帯電話にも何度連絡しても、連絡付かず、折り返しの連絡もございません。ご入金のことでしょうか」

「いや、入金ではなく、ちょっと決済の猶予のことで説明したいのです」

「それでは、お話だけお伺いいたします、何時ごろになりますか?」

「20分後くらいかな」

「社長さんもご一緒ですか」

「一緒です」

「社長さんに代わってもらっていいですか」

これから行って説明するからと電話を一方的に切られた。

浩史は直感的に不渡屋と思った。

不渡屋とは、第三者が介入し、不渡りを回避するために、偽造や変造と称して、色々といちゃもんをつけ、不渡りを猶予するよう仕向ける輩のことである。

浩史は2階の支店長室に入っていった。

「支店長、いま、A社の代理の方から連絡があって手形の決済のことでこれから銀行に行くから、と一方的に電話がありました。恐らく、不渡りを回避すべく第三者の介入と思われます。資金は準備できていないと思いますので、第2号不渡りの偽造か変造にして、異議申し立て提供金の免除を申し入れるのかと予想されます。支店長同席してもらえますか？」

「わかりました、名刺は出さなくていいですね」

「はい、私も名刺は出しません。一応首都圏警察の鴨下警部には連絡しておきます。恐喝じみたことを言ったり、脅されたり、居座られたら来てもらうように手配しておきます。

防犯カメラがある部屋にお通しいたします」

「わかりました、私は横にいて記録を取っておきますね」

「一応記録を取るふりをしてください、ボイスレコーダーも準備して録音しますので。異議申立提供金の免除は詳細な陳述書等の準備が必要で、恐らく大雑把なものを準備してくると思われます。支店長、手形交換所規則の話が出たら、66条のことですか、と反撃お願いします。相手に手ごわいと思わせたいのです」

「吉本君、詳しいね！　ところで手形交換所規則の66条というのは何ですか」

「66条は、その手形を『偽造』で異議申し立てをして提供金を免除して欲しい旨の申し出があるものです。ちょうど勉強したので詳しくなっちゃいました」

「こんなことに立ち会うのは、私も10年近く支店長やってるけど初めてだね。たぶん支店長で経験している人も少ないいんじゃないかな」

「そうかもしれません、私も初めてですから。それと、偽造にしろ変造にしろ、この手形は裏書の連続や今日朝一番で社長に連絡がつき、交換決済に回ってきていることは社長も知っていることなので、なぜ今更偽造なのか、変造なのかを聞いてそこをせめて行きましょう。そして第三者の方の同席は仕方ないにしても、あくまでも我々は当事者であるA社社長に話すようにいたしましょう。宜しくお願いします」

「応接に入って1時間たったら電話してください」と浩史は島ちゃんに伝えていた。

しばらくすると、通用口のインターホンが鳴り二人がロビーに入ってきた。

「A社の社長さんですか、まあ、どうぞ」

「失礼します。遅い時間にすいません、ちょっと相談とお願いがありまして、お伺いました」

「私は、事務の責任者の吉本でございます。同じく支店長の氏家です」

「A社社長の阿久津です。横にいるのは、田淵です」

「田淵です、よろしく。名刺くださいますか」

「いや、名刺はお渡ししておりません。銀行の名札を付けて名前も名乗っていますのでこれで失礼します」

「名刺を出さない銀行員なんて初めてだよ」

「田淵さんは、A社の関係者ですか？」

「いや、資金面で色々相談されている者です」

「そうですか、私どもはあくまでも当事者の阿久津社長からのお話をお聞かせいただきたいです」

ちょっと怪訝そうな田淵の顔を見て、険悪なムードになりそうと感じた支店長が、タイミングよく割り込んで話し始めた。

「ところで本日のご用件をお聞かせください」

田淵が浩史を横目で睨めながら、ちょっと強めに話し始めた。

「今日、そちらに回っている手形は偽造されたものや、２号不渡りで返して欲しいのですわ。もちろん異議申し立て提供金は免除扱いでな、出来るだろ！」

「交換所規則66条のことですか」

「そうだよ、詳しいな、さすが支店長や、そこのぼーやとは違うな、その66条を適用して欲しいんですわ」

浩史が、阿久津社長に向かって口を開いた。

「社長、本日の手形決済について朝一番でご入金をお願いしています。そのときは偽造のことはなにもおっしゃいませんでしたが、どういうことですか」

阿久津社長は田淵の方に向かって目配せをしていた。

「今日回ってきた手形は、よく考えたら思い当たる金額じゃなくて、おかしいなと、さっき気がついたのですよ、どこかの誰かが勝手に手形を切ったのです」

阿久津の目は明らかに泳いでおり、動揺しながら話している。

「手形は、何人も裏書しているもので、６ケ月前にも同じ金額の手形が交換決済されていますし、裏書人も全く同じですよ。それでも偽造とおっしゃるのですか」

今の言葉を聞いた阿久津は、困った表情をして田淵をちらりと見ている。

「仮に偽造として、2号不渡りで返す場合は、陳述書が必要になるのですが、それはあるのですか」

田淵はおもむろにバッグの中からワープロで作成した大雑把な陳述書を出してきた。それを見た浩史は、誰にいつどのように偽造されたのか、思い当たる方はいるのか、6ケ月前にも全く金額や裏書も同じ手形が決済されているのに、それは偽造ではなく、今回のモノが偽造であることの説明をお聞きしたいと申し入れた。

阿久津は動揺している。万事休すといった顔である。

明らかにイライラしている田淵が口を開いた。

「くどくど言ってないで、こちらの言うとおりにやってくれよ。大人しくしていると思ってなめんじゃねえぞ」

「怖いですね、私どもは、責任ある金融機関、銀行として、当座預金の決済を規則に乗っ取って業務を行っております。今のお話ですと私どもとしては、納得できかねます。このまま第1号不渡りで返却せざるを得ません。ご了承いただきたくお願い申し上げます。それともご資金の準備はあるのでしょうか？」

田淵は赤い顔をしながらテーブルをたたき始めた。

「お客をないがしろにするのもいい加減にしろ！」

「ないがしろにしているわけではございません」と言葉返す浩史であった。

さらに激高した田淵は、

「ふざけるな、明日警察の告訴状の写しを持ってくるからな、待ってろ」

ちょうどその時に、応接の電話が鳴り、1時間が経とうとしていた。

「言い忘れたのですが、大事なお話なので録音させていただいております」

「ふざけるな、覚えていろ！」と言い放って帰って行った。


支店長室に関係者が入って協議していた。

「吉本君、あれでよかったのかな」

「はい、上出来です。もう何も出来ないと思います。たぶん明日も来ないでしょう、6ケ月前に同じ金額、同じ裏書の手形が決済されていることを事前に調べていたことも良かったですよ。今回同じ手形が回ってきたのを偽造とするのは無理がありますから」

「そうか、6ケ月前の手形決済を調べたのは島田チーフですか」

「そうです、島ちゃん、いや島田チーフです」

「ところで、このことは、本部には相談したのですか」

「相談する時間が無かったので今までの知識で対応しました」

「明日も来るかな」

「来られても同じ話をするだけです」

「吉本君は心強いですね」

「そんなことはありません、ただ笹下課長の代わりをしているだけです」

「いや、謙遜しなくていいですよ、今度本部に行ったらアピールしておきますよ」

「同席いただき、ありがとうございました」

浩史は8時過ぎに疲れた様子で帰りの電車でビールを飲みながら考えていた。

「今日の対応は間違えてなかったかな」と心配になっていると同時に、今月の中旬に春スキーに行くことを考えていた。3月に季節外れの大雪で雪の心配はなさそうである。それにしてもあの田淵さんは怖かったな、よくあそこで言い返せたなと今となってビビっている浩史である。


翌日、眠い目を擦りながらいつものように浩史は朝の準備をしている。

「おはよう、おはよう」と出勤する人たちに浩史は声をかけていた。

そこに島ちゃんが出勤してきた。浩史の顔を見ると、

「吉本代理、昨日はお疲れさまでした。大変な一日でしたね」

「まだ今日も来るかもしれないので注意しておかないと」

「そういえば、先ほど支店長にお会いしたので挨拶したら、にやにや笑いながら、吉本代理はなんでこんなにトラブル呼ぶのかなと、言ってましたよ」

「好きでトラブルを呼んでるわけじゃないよ」

「そうですよね、今日も宜しくお願いします。今日も課長はお休みですか」

「たぶんね、島ちゃんも昨日の疲れ残ってない？」

「若いから大丈夫です」

「あ、そう、俺はおっさんだから疲れがとれないよ、あ、そうだ。4月中旬に休みをとるので宜しくね」

「わかりました、どこか行くのですか」

「ちょっとね、春スキーにでも行こうと思って」

「その日は誰か応援は来てくれるのですか」

「たぶん課長も出勤出来るかわからないし、本部に掛け合って代行お願いしたから。俺もずっと休んでないからたまには息抜きしないと、昨日のことが目途が付けばいいんだけど

ね」

「承知しました」

4月は、年度初めで何かと忙しい。そういえば、あれからA社の来店はない。支店長からも毎日必ず夕方、浩史に聞いてきた。

「吉本君、今日も来なかったね」

「はい、もう不渡り報告にも掲載されてますから」

不渡り報告とは、交換所から不渡りが発生した会社が掲載された資料である。毎日のチェックが日課になっていた。もう一回不渡りが発生すると取引停止処分と言ってほぼ倒産になってしまうのである。

2週間後のある日、窓口にシルバーグレーのすらっとした紳士が笑顔で浩史の方を見ている。

「誰だっけかな、見たことある人なんだよな、あそこで立ってこっちを見ている人、島ちゃん知ってる?」

「あれ、え~と、頭取じゃないですか?」

「そうだ、写真でしか見たことないからわからなかったよ」

支店長が降りてきて、ロビーに向かっている。

そういえば以前、頭取とは同じ大学で繋がりがあるようなことを支店長から聞いたことがあった。

ロビーで雑談していた頭取と支店長はしばらくすると、２階に上がっていった。

「何しに来たのですかね」と島ちゃんが浩史に声をかけた。

「知らないよ、雲の上の人だし、我々下々には関係ないよね」

島ちゃんもうなずいていた。今日はお客も少なく落ち着いている日である。

すると、浩史の机上の電話が鳴った。支店長からであった。

「吉本君、ちょっと支店長室に来てください」

「はい、わかりました」

怪訝そうな顔をしながら、島ちゃんに声をかけ支店長室の前でノックをして入っていくと、頭取が笑いながらこっちを向いて、

「君が吉本君か」

「はい、吉本です」

「本部でもトラブルを呼ぶ代理と評判になっているぞ」

「え、そんな、そうなんですか」

「この前は大変だったね、まあ座りなさい」

「はい、失礼します」

浩史は緊張している。目の前に頭取が座っていて、浩史に話しかけているのである。無理もない。

「早速だけど、吉本君、銀行の根幹は事務だということを、私は他の役員にいつも言ってるのですが、事務事故や事務ミス・トラブルがなかなか減らなくてね、この前事務部長と話す機会があって、今度の全国事務連絡会で、君に時間を上げるからしゃべってくれないかと思っているのですが、どうかな？」

「え、私がですか」

「そうだよ、君にだよ。これだけトラブルを呼んでるから責任を取ってしゃべって欲しいんだよ」

と頭取は笑いながら支店長と浩史の顔を相互に見ていた。

「トラブル発生時のファーストコンタクトとか、事務ミス発生のメカニズムや対応策、とにかく君に任せるから」

支店長もうなずきながら口を開いた。

「吉本君の対応を見ていて、トラブルが起きた時の最初のアクションのところや、部下とのコミュニケーションの取り方、そう、人の活用や人材育成について話してもいいと思うよ、頭取、時間は何分くらいもらえますか」

「何分でもと言いたいところだが、30分くらいかな」

「吉本君、5月初めに開催されるから考えを纏めて事前に報告してください」

「課長にもなってない私が宜しいのでしょうか」

「だからいいんだよ、事務方の若い人たちの刺激になればいいんだから」

「わかりました、なんとかやってみます」

浩史はスキーどころじゃないなと青ざめている。


4月中旬の金曜日、地元の仲間6人と白馬八方に2泊3日のスキーに来ていた。季節外れの大雪のせいか、4月とはいえまだまだ寒い。

宿に着いた浩史は、メンバーの関根さんに声をかけた。

「夏に白馬三山を登ったことがあるんですよね、でも夏と冬は全然景色も違って楽しみです。晴れていると絶景が見れますかね」

「そらそうだよ、夏と冬じゃ全然違うよ、特にこの辺は雪も多いからね、今、ちょっとガスっている感じもするけど、頂上の方は晴れているといいけどな」

「そうですね、晴れるといいですね」

「まあ、晴れることを期待して春スキーを楽しもうよ」

広いスキー場である。リフトとゴンドラを乗り継ぎ、何本か滑った後、11時頃に頂上直下のところまで来ていた。周りはホワイトアウト状態で何も見えない。年長者の細井さんが、

「頂上まで行きましょうか、上の方はもしかしたら晴れているかもね」

「そうかな、同じだと思うよ」

昨年定年になってスキー三昧の横川さんが口を開いた。

「とりあえず、行ってみましょうか」

リフトから降りた瞬間、みなびっくりした表情で、

「なにこれ、雲海すごいよ」

眼前に一面の雲海、白馬三山や唐松岳、五竜岳の姿が広がっていた。

頂上にいるスキーヤー、スノーボーダーは写真を撮っている。

何もかも忘れてその景観・絶景に見とれていた。

「こんな景色みたことない」興奮気味の浩史は、あちこちに向かってスマホで写真をとっていた。それにしても春スキーはこれだからやめられない。

浩史は憂鬱な表情で、丸の内の本館に向かっていた。

「どうしようか、緊張で手が震えている、なんとかなるさ」そういえば、大昔、出身地の地元で二十歳の意見作文の募集があって、応募したら選ばれてしまって、成人式で作文を読んだ記憶を思いだしていた。

いよいよ浩史の時間が迫ってきた。浩史はしゃべり始めた。

「私はしがない事務屋です。これと言って取柄もありませんが、なぜかトラブルを呼ぶ代理というあだ名がついてしまい、こんな若輩者がしゃべることになってしまいました。諸先輩方の足元にも及びませんが、これまで何回かした怖い思いや、事務ミスで苦労した経験などを話したいと思います。眠くならないように身振り手振りも混ぜながら、臨場感を出来るだけ出せるように話したいと思います」

あちこちで笑いと拍手が始まった。浩史は続けて、

「ちょっと言い忘れたのですが、本日のスペシャルゲストをお招きしています。首都圏警察の鴨下警部です。色々とお世話になっていますので、最後の3分くらいのところで登場してもらおうと思います。一応紹介しておきます。鴨下警部です」檀上横の裾から鴨下が出てきた。

「首都圏警察の鴨下です。実は、トラブルを呼ぶ男と名付けたのは私です。とにかく、吉本さんからよく電話がかかってくるのです。皆さん、気を付けた方がいいですよ、なんとかしてください」

客席からどっと笑いが起きていた。

（続く）

第四章　酸素マスク

4月のある日曜日の午後、浩史は浅草に来ていた。浅草寺の新しく新調された「大提灯」を見上げ、「大きいなあ」と口ずさんで仲見世通りに入って行った。浅草寺の「大提灯」は、10年に1回新調されることをニュースで聞いたことがあった。

浩史は憂鬱であった。昨年の秋、氏家支店長が銀行総務部長へ栄転になり、突然浩史に連絡があり、「5月の第2日曜日は用事があるか」と聞いてきたのである。特段意識せず、「特にありませんが」と軽い気持ちで返事をしたところ、「神田祭りに行こう」と誘われてしまった。

島ちゃんも誘われたらしく、当時の氏家支店長と一緒に仕事をした10名程度で参加することになっていた。神田祭りは毎年5月の第2週あたりに開催され、今年は「神輿宮入り」があるらしく、総務部長の氏家は張り切っているようであった。神田祭りは山王祭り、深川八幡祭りと並んで江戸三大祭りとされ、また京都の祇園祭り、大阪の天神祭り、と共に日本の三大祭りの一つにも数えられている。

銀行は、神田祭り保存会のメンバーになっていることもあり、毎年参加し、その代表が総務部長たる氏家なのであった。その晴れ姿でもあることからか、氏家は出来るだけ参加者を集めたいようであった。

「氏家さんから言われたら参加するしかないけど、予定あると言ってもよかったかなあ」と愚痴をこぼしても始まらない浩史であった。


仲見世通りの奥まったところに祭り用品の専門店があった。先週、氏家から送られてきた割引券を手に持ち、「いろいろあるんだなあ」と、ブツブツ言いながらお店の中に足を入れた。足袋や鯉口、股引き、ダボなどを揃えにきたのである。

「割引券があるとはいえ、なんてこった、出費がかさむなあ」と、またブツブツ言いながら店員さんに声をかけ揃えてもらった。

「浅草寺は何年振りかな、お参りして帰ろうっと」足早に境内に向かう浩史であった。それにしてもすっかり春で桜も満開である。

料金受取人払郵便

新宿局承認

2524

差出有効期間
2025年3月
31日まで
（切手不要）

郵便はがき

1 6 0-8 7 9 1

1 4 1

東京都新宿区新宿1－10－1

(株)文芸社

愛読者カード係 行

ふりがな お名前		明治 大正 昭和 平成 年生 歳
ふりがな ご住所	□□□-□□□□	性別 男・女
お電話 番 号	（書籍ご注文の際に必要です） ご職業	
E-mail		
ご購読雑誌（複数可）		ご購読新聞 新聞

最近読んでおもしろかった本や今後、とりあげてほしいテーマをお教えください。

ご自分の研究成果や経験、お考え等を出版してみたいというお気持ちはありますか。

ある　　ない　　内容・テーマ（　　　　　　　　　　）

現在完成した作品をお持ちですか。

ある　　ない　　ジャンル・原稿量（　　　　　　　　　　）

書　名				
お買上 書　店	都道 府県	市区 郡	書店名	書店
			ご購入日	年　　月　　日

本書をどこでお知りになりましたか?

1.書店店頭　2.知人にすすめられて　3.インターネット(サイト名　　　　　　　)

4.DMハガキ　5.広告、記事を見て(新聞、雑誌名　　　　　　　)

上の質問に関連して、ご購入の決め手となったのは?

1.タイトル　2.著者　3.内容　4.カバーデザイン　5.帯

その他ご自由にお書きください。

(　　　　　　　　　　　　　　　　　　　　　　　　　　　　)

本書についてのご意見、ご感想をお聞かせください。

①内容について

②カバー、タイトル、帯について

弊社Webサイトからもご意見、ご感想をお寄せいただけます。

ご協力ありがとうございました。

※お寄せいただいたご意見、ご感想は新聞広告等で匿名にて使わせていただくことがあります。

※お客様の個人情報は、小社からの連絡のみに使用します。社外に提供することは一切ありません。

■書籍のご注文は、お近くの書店または、ブックサービス(0120-29-9625)、セブンネットショッピング(http://7net.omni7.jp/)にお申し込み下さい。

祭り当日、ユーチューブで前日に祭り用の着替えのレクチャーを見て、早速着替えに取り掛かっていたところ、氏家が浩史の近くに寄ってきた。

「吉本君、ご苦労さん、神田祭りは初めてですか、一回やるとやみつきになるよ」

「支店長、いや氏家部長、おはようございます。今日はお言葉に甘えて参加させていただきました。宜しくお願いします」

「島田チーフも来てましたよ。入り口で見かけました」

「そうですか、ところで部長はなぜ青い半纏なのですか」

「これは、神輿の上に乗って、挨拶と三本締めをする役員なんですよ」

「あ、そうですか。部長の一世一代が見られるのですね」

「ちょっと恥ずかしいけど、やってみますよ」

今日は絶好の祭り日和で汗ばむ陽気であった。

実際に祭りに参加して、時々、神輿を担ぐと、これが結構楽しいものである。

「わっしょい、わっしょい」

「せいや、せいや」

あちこちで元気な掛け声が飛んでいた。

しばらく神輿について歩いていくと、いよいよ宮入りである。天気がいいこともあってか、神田明神前は人だかりである。狭い所にたくさんの出店が並び、神社の中の入っていくと、更にこれでもかこれでもかと祭りはヒートアップしていた。

神輿を担いで帰る途中に、氏家と歩いていた白髪の老紳士がいた。

浩史を見つけた氏家は、

「吉本君、ちょっと」

「はい、部長なんでしょうか」

「こちらの方は、M商事の神山専務さんです」

「初めまして、神山です」

「初めまして、吉本です。宜しくお願いします」

「こちらこそ、そうそうおたくの銀行と取引しているのですよ。貸金庫も借りていてね」

「あ、そうですか。いつもお世話になっております。ありがとうございます」

「氏家さんとは大学の同窓同期なのですよ。吉本さんのことを褒めてましたよ。事務の専門家でとても勉強熱心みたいで。この前も言いがかりの輩を追い返したって言ってましたよ」

「いや、恐縮です、そんなことを言われると、穴があったら入りたくなります」

「祭りは賑やかでいいねえ、吉本さんは初めて参加ですか。氏家さんに無理やり引っ張ってこられたのかな」

「いや、そんなことはありません。お言葉に甘えて参加させてもらいました」

「そういうことにしておきましょう。ところで話は変わるのですが、貸金庫の代理人を置きたいと思っているのですが、どのような手続きが必要ですか」

「はい、選任する代理人様と一緒にご来店いただければその場で手続きが出来ますよ」

「そうですか、今度行きますよ」

「代理人様は奥様ですか」

「いや、家内は病気で亡くなり、千葉にいる妹なのですよ」

「あ、そうですか。失礼しました。それでは、妹様を確認させていただく運転免許証等とご印鑑をお持ちください」

「私は何を持っていけばいいですか」

「神山様は、お届け印と貸金庫のカードと鍵をお願いします」

「わかりました、じゃあ今度行きますよ。妹は千葉に住んでいるので、日程を合わせて行く前に連絡しますね。後で吉本さんの名刺をください」

「かしこまりました」

氏家が、神山に向かって、

「吉本君に事務のことは何もかも聞いておけば間違いないから、なんなら相続のことも聞いておけばいいよ」

「そうだな、私も心臓が悪いからいつぽっくり逝くかわからないしな」

3人は青空の下で笑っていた。

その夜は、祭りの疲れがでたのかぐっすり眠ってしまった。


それから数ケ月たったある日、神山の妹から浩史に電話があった。

「吉本さんですか。神山の妹で倉田と言います。兄から吉本さんの名刺をいただき電話しました。貸金庫の手続きのことで相談がありまして」

「その節はお世話になりありがとうございました」

「神山さんはお元気ですか」

倉田はバツの悪そうな声で、

「実は、兄が先日脳梗塞で倒れまして、入院しているのです。兄から貸金庫の手続きのことをお聞きしていますか」

「はい、妹様を代理人にしたいと言っておられました」

「兄がこんな状況なのですが、手続きは出来ますか」

「神山様のご来店は無理ですよね」

「はい、ちょっと無理ですね」

「う～ん、倉田様、一旦お電話切らせてください。ちょっと考えて連絡します」

「わかりました。ちょっと事情を説明したいので、今東京駅から電話しています。これからお伺いしていいですか」

「わかりました」

「それじゃあ、食事してから行きますので1時半ごろは如何でしょうか」

「承知しました。時間は大丈夫です、それまでにこちらも相談しておきます」

浩史は、頭をフル回転させて考え始めた。

「どうしようか、来店は無理だし、なぜ代理人を付けたいのか、事情を聞かないと理由もわからないしな。そうだ氏家部長が事情を知っているかもしれないし、電話で聞いてみようか」おもむろに受話器を取り電話をかけ始めた。

「氏家部長ですか、吉本です」

「吉本君、神田祭りは楽しかったですね」

「はい、その節はありがとうございました。実際に参加すると楽しいものですね」

「ところでどうしましたか」

「あの、M商事の神山専務様のことでちょっとお聞きしたいことがありまして」

「神山専務は入院中ですよ、脳梗塞で倒れてね」

「先ほど、妹様から電話があってお聞きしびっくりしたところです」

「この前、見舞いにいったのですが、あまり話はできなかったのですよ」

「そうですか、実は貸金庫の代理人の話が神田祭りのときにあったじゃないですか、なんか妹様も兄がこんな状況で出来るかどうか相談があって、今日これから来店するというのです。代理人にこだわる事情はなにかなと思って、部長はその辺の事情をご存知でしたらと思って電話してしまいました」

「そうですか、私も詳しいことは知らないんだけど、なんか腹違いの兄弟がいるらしく、特に仲が悪いということではないようだけど、血のつながったのが妹さんだけみたいで、小さい時に苦労したみたいですよ。妹さんもご主人を亡くして独り身なので少し財産を残さないとなんて神山が言ってましたよ」

「そうですが、事情は何となく分かりました。ところで部長はどう思いますか？　来店できないし貸金庫の代理人手続きが難しいように思うのですが」

「そうですね、吉本君は何かいいアイデアはありませんか」

「例えば病院まで行って代理人手続きするというのは、ちょっと無理がありそうな気がしますし、仮に病院で手続きを取る場合、本人がどうしても代理人を立てたいという事情があるのかどうか、その辺の理由、また本人の意思確認（※）を確りやる必要がありますかね」

※貸金庫取引は契約者本人の利用という厳正な注意義務が銀行に課されており、代理人選任手続きは、この人を代理人に選任したいという事情や契約者本人の意思確認、面前での署名確認など、より慎重な手続きが必要となる。

しばらく沈黙が続いていたが、頭の中をフル回転させていた浩史が素っ頓狂な声をあげた。

「あ、そうだ。公証人に立ち会ってもらうのはどうですかね。以前貸金庫の強制解約をした際、公証人に来てもらって、謄本を作成したことがあるのです」

「吉本君、君の発想は面白いね、それはいいアイデアかもしれない、ただ、費用が掛かるのでそこは妹さんがなんて言うか。ちょっと私も本部にいることもあり、事務統括部長に聞いてみて連絡しますよ」

「ありがとうございます。妹さんに話してみて、その方向でどうか聞いてみます」

「まあ、あまり無理しないようにしてください」

「承知しました」電話を切って、腕時計を見たら1時10分になっていた。

昨日も忙しくて食事できなかったから、「あと15分あるから食べてこようっと」急ぎ足で走って3階の食堂に向かっていった。

食事しているとロビーの北川さんから倉田さんとおっしゃる方が来店されたと、電話があった。

「応接室に通してください」と話し、猛スピードで食事を平らげ走って1階に降りて行った。応接室に着くと、小柄な品のよさそうな中年のご婦人が座っていた。

「いらっしゃいませ、事務の責任者の吉本でございます」と挨拶し、名刺を渡した。

「初めまして、神山の妹で倉田と申します、お忙しいところ、お時間いただきありがとうございます」

「いえ、こちらこそ遠いところご来店ありがとうございます」

「実は、電話でもお話ししたのですが、身内の恥をさらすようで、恥ずかしいのですが、亡くなった父の後妻に私たちにとっては、義理の兄弟がおります。

決して仲が悪いわけではなく、どちらかというと仲良くしておりました。でも兄と血のつながりがあるのは、私だけで、兄は私に貸金庫の管理をして欲しいと、言っていました。

それで、貸金庫の代理人届の手続きを一緒に行こうと話をしていた矢先に兄が倒れてしまい、どうしたものかと相談に上がった次第です」

「そうですか、大変失礼ですが、お兄様のお身体の状況は如何でございますか」

「はい、酸素マスクはしているのですが、なんとか少しは話せると思います」

「ご面会は出来ますでしょうか」

「はい、少しの時間でしたら大丈夫です」

「あ、そうですか。実は色々と今回の件で、関係本部にも事情を説明し、何とか貸金庫の代理人選任の手続きが出来ないものかと相談してみました。手続きにはお兄様ご自身の妹様を代理人選任するというご意思の確認と、お兄様の署名が必要になります。その辺は出来ますでしょうか？　それからこれは私どもからの提案にはなるのですが、お兄様のご意思の確認について、記録を残す必要がございまして、ちょっと費用が掛かってしまうのですが、例えば公証人を立てて、公証人立会いの下、代理人選任の手続きをさせていただくという方法は、いかがでしょうか。今回、お兄様のご来店が難しく、異例ではございますが、契約者であるお兄様が貸金庫取引において、妹様を代理人の選任をしたいというご意思の確認を慎重に行う必要があるのです。私も病院に一緒に参りますので」

「わかりました、それで結構です。費用は負担いたします。兄の意思でもあるのでそれで出来るのであればお願いしたいと思います」

「そうですか、それではその方向でいいか、もう一度、本部にも了解を取って、あと、公証人にもアポ入れてみます。また連絡いたします」

「わかりました」


倉田さんが帰った後、席に戻り、机の上の伝票を見ると、「なんだよ、まだこんなに伝票あるのかよ」といつもの忙しい状況にうんざりな浩史であった。

そのうち、机上の電話が鳴り、氏家からであった。

「吉本君、君の提案はどうかと事務統括部長に聞きました。公証人を立ち会わせるなんて発想はなかなかできないよね、と笑っていたよ。公証人立会いであれば意思確認は充分、お墨付きが付いたから不備の無いようしっかりやってくださいとさ」

「ありがとうございます。氏家部長が本部にいてほんと助かります。ほんと顔が広いですね」と浩史は電話ごしに笑っていた。

「まあ、吉本君よりちょっと銀行員生活が長いからね。君と一緒に現場で仕事をしたことが、本部の総務部長になっても色々と役立つよ、また何かあれば連絡取り合いましょう」

「ありがとうございます。引き続き宜しくお願いします」

電話を切ると、低いカウンターの窓口担当者は浩史の方を見ていた。なんか揉めているようである。

浩史は、見覚えのあるお客の顔を見て思い出していた。

「そうだ、あの方は窓口担当者の名前を憶えて通用口の出口付近で待ち構えて、付きまとったことがある方だ！」

窓口担当者が泣きそうな顔をしていたので、慌てて窓口に行って、すぐ席を代わった。

「お客様、どうしましたか？」

「普通預金の口座を作って欲しんだよね」

「ありがとうございます。ただ先日もご来店されて確かお口座を作られていますよね」

「公共料金とクレジットの引き落としを別々に管理したいのでもう一つ作れないのかな」

「お一人一口座でお願いしております」

「そういえば、さっきここに座っていた女性に、名刺くださいと言ったらくれないいんだけどどういうこと？」

「名刺はお渡ししておりませんので、そういえばお客様は、確か先日行員の通用口付近で私どもの女子行員を待ち伏せしてましたよね、ああいうことはやめて欲しいのですが」

「たまたま、出口のところで見かけたから声かけたんだよ」

「いや、私どもの案内係の者が4時くらいからずっと出口にいる貴方を見ているのですよ、出るとこ出ても私どもは構いませんが」

「なに、客にそんな態度でいいのか！」

「いや、行員にそんなことをする方はお客様ではありません。我々は社員を守らなければなりません」

激高した客はカルトンを浩史に向かって投げつけた。

「いま、モノを投げましたよね、器物破損ですよ」

後ろを向いた浩史は、警察に電話するよう後方の女性事務員へ声をかけた。

「警察はやめてくれよ。悪かった、もうしないから、口座も作らなくていいよ」

「もう二度と私どもの女子事務員へ付きまとわないと約束してください」

「わかったよ」

「一応、ボイスレコーダーに録音していますのであしからず」

「なに〜、覚えておくからな、吉本って言ったっけ」

「何を覚えておくのですか」

「ふざけるな、夜道に気をつけろよ」

「怖いですね、今のは脅迫ですよ、警察に電話しますから」

「もう何もしないよ、うだうだうるさい銀行員だな、ちきしょう！」

「お客様、いやお客様ではありません。お帰りください」

ふてくされて帰って行った。

泣きべそを掻いていた窓口担当者は、

「吉本代理、ありがとうございました」

「そうそう、窓口に置いてあったフルネーム入りの白いプレートは、全て撤去したから」

「いいんですか、本部に怒られますよ」

「あんなもの無いほうがいいんだよ、名前は胸章で十分だから、本部もなんであんな施策するのか理解できないよ」

島ちゃんも笑っていた。


席に戻った浩史は、「そうだ、忘れていた」と名刺入れを取り出し、公証人へ電話をかけて例の貸金庫の代理人届の立会いの依頼を相談した。

「もしもし、先日貸金庫の強制解約でお世話になりましたY銀行の吉本と申します。その節はお世話になりありがとうございました。高橋先生はいらっしゃいますか」

「はい、高橋ですね、どんなご用件でしょうか」

「実は折り入って相談したいことがありまして、ちょっとこれからお伺いしてもよろしいでしょうか」

「はい、４時ごろでしたら高橋もおりますのでどうぞお越しください」

「ありがとうございます。それでは４時に参ります」

公証人役場は、八重洲にあった。歩いて15分くらいの場所である。階段で４階に上がると公証人役場の看板があった。

「あ、ここだ、ここだ」ドアを開けて、

「こんにちは、Ｙ銀行の吉本です、４時に高橋先生と約束しています」

「はい、お待ちしておりました」

カウンターの奥まった簡易応接に通されると、高橋が出てきた。

「高橋先生、先日の貸金庫強制解約手続きではお世話になりまして、ありがとうございました」

「あ、Ｙ銀行さん、そうそう強制解約した貸金庫の中に、確か代紋の名簿があったときの方でしたか」

「先生、やめてくださいよ～」

高橋はよく覚えていますよ、と笑いをこらえていた。

「ところで、今日はどうされましたか？　貸金庫の手続きで相談したいとか」

「はい、実は私どもで貸金庫を借りているお客様が入院しておりまして、その管理を実の妹さんにしてもらうため、代理人届の手続きをしたいとのことなのですが、あいにく契約者ご本人が入院中で銀行に来れないのです」

「それで、私にどうしろと」

「それで、病院で代理人届の手続きをしたいので、恐縮ですが、先生にご一緒していただけないかと、ご相談でお伺いしました」

「そこまでやる必要はあるのですか、費用も掛かるし、銀行の方が複数で行かればいいのでは」

「そうは思ったのですが、銀行も善管注意義務（※）もありますし、ご本人の意思確認は慎重に対応すべしとの本部の指示もあって、先生にお立ち会いいただき、謄本で法的な記録を残しておくべきとの銀行の考えなのです」
※善管注意義務とは、社会通念上客観的にみて当然要求される注意を払う義務、貸金庫契約の際など、本人の意思確認は厳正な手続きが要求される。
「お宅の銀行はかたいですなあ」

「なにせ石橋を叩いて叩いて渡るのが我々の考え方の根底にありますから」

その話を聞いて、高橋は大笑いしていた。そんなことを言って、

「この前の代紋入りの名簿は何だったのかな」

「先生、それはもう言わんといてくださいよ」

二人はまた大笑いしていた。それを聞いていた事務の女性も笑っている。

銀行に戻った浩史は、早速、倉田の携帯に電話をかけ「公証人役場にちょっと事前に相談してきた」旨説明し、来週火曜日の2時に病院で待ち合わせするので、予定は大丈夫か聞いていた。

病院についた浩史は入り口で高橋が来るのを待っていた。そこに高橋が遅れて入ってきた。

「Y銀行さん、遅くなりました。道が混んでてね。駅前からタクシーで来たんだけど思ったより時間がかかってしまいました。事務の女性も病室に入ってもいいですか」

「はい、大丈夫です」

「それじゃー行きましょうか」

病室は、特別室で二間続きの部屋であった。

病室には倉田が待っていた。倉田に浩史は公証人の高橋と事務員を紹介した。

「高橋です、こっちは事務の女性です、よろしくどうぞ」

「神山の妹で倉田と申します。今日は遠くまでご足労いただきありがとうございます。お手続き方宜しくお願いします」

倉田はちょっと神妙は顔つきで挨拶した。それから兄に向かって、

「兄さん、Y銀行の吉本さんが貸金庫の手続きでここまで来てくれましたよ、ちょっと話せますか」神山は浩史の方に向かってお辞儀をして、

「こんな体になってしまって、面目ない。わざわざ来てもらってありがとうございます」

酸素マスクをつけたまま、振り絞って声をだしている。

「神山さん、Y銀行の吉本です。妹様からもご依頼がありましてお申し出のお手続きをここでさせていただきますね。お話をきちんと記録に取る必要がありますので、公証人の立会いをご了承いただけますか」

「わかりました、宜しくお願いします」とかすれた声で神山は答えていた。

「八重洲にある公証人役場から来た公証人の高橋です。それでは、神山さんご本人ですね、いくつかお話をいたしますので宜しいですか？　それでは、ここにいらっしゃる倉田和美さん、神山さんの妹さんですが、この方をY銀行の貸金庫番号×××契約の代理人の登

録をしたいとのことですが、お間違いないですか、今日は×月×日×曜日、×時×分です。お答えいただけますか」

「先生のお話で間違いありません、妹を貸金庫代理人に選任して欲しいのです」

「わかりました、それでは神山さんのご意思が確認できましたので、手続きをいたします。神山さん、もう一度お聞きいたしますが、倉田和美さんを貸金庫代理人として任命したいのですね」

「そうです、宜しくお願いします」

高橋から浩史にＯＫとのサインが出た。浩史は、代理人選任届の用紙をカバンから出して、寝ている神山に署名出来るか話し始めた。住所、貸金庫番号や、鍵番号などはパソコンでインプットしていた。倉田に向かって記入を依頼し、倉田は神山の起き上がるサポートをしながら、ボールペンを神山に渡してここに兄さんの名前、私の名前を書くようにゆっくり説明し始めた。涼介がその状況を見て、

「神山さん、大丈夫ですか。記入出来ますか」

「大丈夫です、ここですね」と神山は名前を震える手先を抑えて名前を記入した。浩史は、神山と倉田へ代理人選任届に書いてある内容をゆっくり読みながら、二人に説明した。その際、公証人の事務の女性が時間や話している内容、神山の表情、倉田からの質問、外の

天気などを記録し、ボイスレコーダーが動いているかも気にしていた。

支店に戻った浩史は、支店長への説明と報告のため、すぐに2階支店長室へ上がっていった。

「支店長、神山さんのお手続きは無事終わりました」

「病院までついて行って、時間もかかって大変でしたね。ご苦労様でした」

「ありがとうございました」


夏休みも終わり、涼しくなってきたある日、神山が3日前に息を引き取ったと氏家から聞いたのは、貸金庫代理人手続きの3ケ月後のことであった。

倉田からもちょうど電話がかかってきて、

「その節はお世話になりました。遠くまでご足労いただき兄も喜んでおりました。ありがとうございました」

「ご愁傷さまでした、この5月の神田祭りで神山さんにお会いしたときは、とても元気そうで、こんなことになるなんで、ご冥福をお祈りいたします」

「吉本さん、ありがとうございました。吉本さんにまたお世話になってしまうのですが、兄の相続の手続きをしていただきたいのです」

「わかりました、私でお役にたてればお手伝いさせていただきます」

「来週火曜日の午後2時ごろの予定は如何ですか、遺産分割も終わり、預金の払い戻しと貸金庫の解約手続きに兄弟5人でお伺いいたします」

「わかりました。それでは、火曜日の2時にお待ちしております。5人の方の印鑑証明書、お兄様のお生まれになってからの戸籍謄本などをお持ちください」

「はい、遺産分割協議書を司法書士の先生に作ってもらった際に戸籍などの資料は全て添付されていると思いますので、その原本を持っていきます」

「ありがとうございます、承知しました」


相続の手続きも終わったある日、また伺いたいと倉田から電話がかかってきた。

相変わらず忙しく走り回っている浩史は、倉田のこともすっかり忘れていた。

「倉田さん、誰だっけかな」島ちゃんから電話がはいっていると告げられてもしばらく思い出せずにいた。「あ、そうだ。神田祭りの神山さんの妹さんだ、なんだろう」とやっと思い出していた。

「もしもし、吉本です。ご無沙汰しております。お元気ですか」

「こんにちは、吉本さん、その節は色々とお世話になり、ありがとうございました、実はちょっと御礼もあってそちら様に預金をしたいのですが」

「ありがとうございます。いつ来られますか」

「はい、今東京駅にいますので、これからどうかなと思って」

「今ですか、大大丈夫です。お待ちしております」

「倉田さんはいつも急なんだよな、ひとっ走り行って食事してくるか」と3階の食堂へ行って大急ぎで食事を済ませ、1階に戻ってきた。

倉田はロビーのソファーに座っていた。大急ぎでロビーに行って挨拶をして、応接室へ通し、冷たいお茶でも持ってきますね、と倉田に声をかけた。

しばらく、病院での貸金庫の手続きを初めてやったとか、神田祭りで神山にあった時の話など、色々雑談をしていたら、倉田がハンドバッグから、おもむろにこれを預けたいと銀行振出の小切手をだしてきた。

そこには額面「5億円」の銀行振出の小切手であった。

金額を見た浩史は、大きな丸い目で素っ頓狂な声を出して、

「5億ですか」

「はい、吉本さんに兄も大変お世話になったと、今度預金して欲しいと、亡くなるちょっ

と前に言われましてね、相続も終わったし、銀行預金も利率が低いけど使わないお金だから、吉本さんのところに預けておくのが一番いいと思って」

「ありがとうございます。折角なのでお兄様が使っていた貸金庫もまだ空いていますからもしよろしかったらご利用されますか」

「それも是非お願いしたいと思ってました。もし空いてなかったらどうしようかと思っていました。空けておいてくれたのですか」

「そういうわけではないのですが、もしやと思って取っておきました」

「ありがとうございます、兄も生前、吉本さんと知り合いになれて喜んでいると思います」倉田は涙ぐみながら話していた。

それを聞いた浩史も、病院まで行って、苦労して代理人手続きをしたことを思い出し、日頃の忙しさが吹っ飛んだ瞬間であった。

「しかし、5億円か、いやびっくりしたなあ、もう」と独り言を言いながら、渉外担当の部屋に向かって「誰に手続きやってもらおうかなあ、そうだ渉外課の藤江課長に以前世話になったから、ちょっと恩を売っておくか、たぶん喜ぶだろうな」と鼻高々で年甲斐もなくスキップをしている浩史であった。

（完）

第五章　社内紛争

涼介は広いロビーにあるロケットエンジンを眺めていた。

「いや、すごい大きい、これで月まで行けるのかな、ロマンがあるなあ」とブツブツ言っている。涼介はある会社のロビーに来ていた。

ここ数日の寒波到来で東京は朝から雪が降っていて寒い朝である。雪国育ちの涼介は暑さは苦手だが、寒いのはへっちゃらであった。

一人でロビーに座っている涼介を受付の女性がこちらをみている。視線を感じた涼介は、いたたまれず受付に向かった。

「すいません、御社の経理課長の岡田様と9時半のお約束で、ちょっと早めに到着してしまい、ソファーで待たせていただいております。申し訳ありません」

「そうでしたか、失礼しました。え〜と、M銀行の中本部長さまでしょうか」

「はい、そうです」

「5分前になりましたら、受付いたしますのでそれまでソファーでお待ちくださいませ」

「ありがとうございます。ところでちょっと聞いていいですか」

「はい、なんでしょうか」

「あそこにある大きな機械というか設備は、ロケットエンジンですか」

「はい、さようでございます」

「あれで月に行けるのですか」

「月に行ったかどうかは分かり兼ねますが、宇宙に行くロケットエンジンと聞いております」

「そうですか、ロマンがありますね。大きくてびっくりしました。教えていただきありがとうございました」

涼介はソファーに戻りちょっと閃いたのか、膝を叩いた。

「そうだ、今日は最終的にロケットエンジンの話にしようかな、上手くその流れに持っていけるといいんだけど」一人呟いていると、銀行営業本部の会社担当の佐藤が浩史を見つけ、こちらに向かってきた。涼介はソファーから立ち上がり、

「佐藤さん、おはようございます。今日は寒いですね、雪で電車大丈夫でしたか」

「ちょっと遅れてたけど大丈夫でしたよ」

「私なんか、電車が遅れると思って30分早く来てしまいました」

「あ、そうですか」佐藤はめんどくさそうに、ぶっきらぼうに応えていた。

「挨拶もろくに出来ないのかよ、何様だと思っているんだ」と内心思っている涼介だったが、

「そうだ、そうだ、今日は迷惑かけてお詫びに来ているんだ、がまん、がまんと」佐藤に愛想笑いを返した。

「佐藤さん、今日は宜しくお願いします」

「中本さん、今日の話の流れですが、私が最初に頭出しをして、その後、中本さんに振りますので、ミスの内容とその原因、お詫び、再発防止策の順で説明してください。経理の岡田さんは細かい方なので、極力、銀行用語は使わないようにお願いします」

「承知しました。ところで経理の岡田さんは冗談とか通じますか」

「中本さん、なに言ってるのですか？　今日はお詫びに来ているのですよ」

「ちょっと聞いただけです、失礼しました」

そうこうしていると9時25分になった。

「じゃあ、行きましょうか」と佐藤に声をかけて受付に向かった。

受付で入館カードを渡され、フラッパーゲートを通り、エレベーターで18階の経理部に向かう涼介と佐藤であった。

実は一週間前の出来事である。

さっきから涼介は、シュレッダーの前で、ごみを漁っている。

「これとこれが繋がるかな、いやこれは違うな、やった、一つ繋がったぞ」と何やらブツブツ言いながら本店長を含んだ男たちが大きなテーブルにごみを広げていた。ごみ漁りから1時間が経過しようとしている。今日は金曜日、時計を見ていた涼介が、事務の女性たちに声をかけた。

「もう8時になるから、女性は帰って、男性陣はもう少しやっていくから」

バツの悪そうな担当代理の大川が口を開いた。

「皆さん、申し訳ありません。ご迷惑を掛けます。後は私と中本部長で残りのごみを見てみますので」

「大川さん、まだシュレッダーの袋が8つもあるから、二人じゃ無理だよ。時間を決めてみんなでやろうよ。本店長、申し訳ありません。もう少し大丈夫ですか」本店長の吉川も疲れた様子であったが、

「もうちょっとやってみようかね、田辺副本店長や笹本君もキリが着くまで大丈夫かな」

「はい大丈夫です、こういうことは今までに何度もやったことがあるので」

田辺副本店長が答えると、笹本は、

「あまりこういうことはやりたくないですけどね」と笑って答えていた。

銀行というところは多かれ少なかれ、誰もがこういう経験をしている。


なぜごみ漁りをすることになったかというとこういうことだ。

ある会社の新規口座申込書の押されていた印鑑届を確証はないが、どうやらシュレッダーで裁断してしまったのだ。真偽は不明ながら口座作成の担当者である2年目の加藤が、従業員の給与振込口座の大量新規作成業務と同時処理をしていて、印鑑届を誤ってシュレッダー専用箱にいれてしまったようである。

シュレッダーをかける際、印鑑が押されている帳票を見た記憶があったと証言したこともあり、大勢でこのような事態になっていた。上司である担当代理の大川は、同姓でもありついついきついつい言い方になってしまい、

「加藤さん、なぜシュレッダーかける際に、ちゃんと見ないの、ダメだよ、こういうことを想定して仕事しないと、気が緩んでるんじゃないの」

加藤は、涙を流しながら、話し始めた。

「皆さん、申し訳ありません、お客様の大事な帳票を廃棄してしまったようで本当に申し

訳ありません」

涼介は二人の顔を見ながら口を開いた。

「大川さんも加藤さんも、起きてしまったことはしょうがないんだから、今は、そのリカバリーに全力を注ぐことだよ。起きてしまった原因や対応策、お客様への説明などはこれから考えるから、今出来ることに集中してください」

それを聞いていた、本店の次長の中で一番イケメンの笹本も口をひらいた。

「加藤さん、シュレッダーかけるときに印鑑が押されていた資料があるのを見たんだよね、あっと思ったらシュレッダーの機械に入ってしまって、間に合わなかった、間違いないかな。であれば、ひとつひとつのかけらを探して、全部は復元できないけど、半分、いや4分の1だけでも復元できれば何とかなるから」

「ありがとうございます。ご迷惑かけて申し訳ありません」

また加藤は謝っていた。

「加藤さんももう遅いから帰ってください。本店長、ちょっと飲み物と軽く食べられそうなものを買ってきます」

地下1階にあるコンビニへ涼介は向かった。

「なかなか、それらしきかけらも出てこないね」

「これだけ細かくシュレッダーにかかっていると、なかなか見つけられないね」

コンビニから帰った涼介は皆に、

「ちょっと休んで軽く食事しましょう、それから、ちょっと作戦会議しますので、食べながら聞いてください」

涼介は、ペットボトルやサンドイッチをテーブルに置くと、口を開いた。

「いま仕掛中で各人がゴミを漁っているもので、印鑑らしきかけらが出てきたら、そのかけらを端に寄せてください。次に、新しいゴミ袋からごみを出して、まずは手でさらっと見てもらい、赤い印鑑らしき破片が出てきたら、そのゴミ袋を、2～3人で集中して、印鑑らしきかけらを探していきましょう、そしてコピー用紙に貼り付けていきたいと思います。どうでしょうか？」

それを聞いていた本店長が、

「そうだね、中本部長。ところで今日は何時までやりますか？」

「10時までやって、あとは来週にしましょう」

今日は金曜日である。中々印鑑らしきかけらも見つからない。

10時近くになって、涼介は、

「今日は、これくらいにしましょう。あとは来週にやります。皆さん、遅くまでありがとうございました。来週月曜日も朝からやりたいと思います、日中の業務もあるので出来る方は9時半にここ地下の会議室に集まってください」

皆、疲れ切った顔で、

「なかなか印鑑らしきかけらも出てこないね、本当にシュレッダーかけたのかな。これだけ出てこないと考えちゃうよね」

「一つでも出てくるといいんだけどね、見つからないと余計疲れちゃうから」


席に戻った涼介は、担当代理の大川を連れて、本店長のところに向かった。

「本店長、明日の土曜日ですが、ちょっと休日出勤させていただけませんか？　いずれにしても来週からお客様のところに行って説明する準備もあるので、何とか明日中にひとかけらか、ふたかけらくらい見つけたいのです」

「明日は誰が出勤しますか？　私も出ましょうか？」

「本店長、いや、大川代理と私中本が出勤して探してみます」

「わかりました、大川さんも休みで申し訳ないですが、宜しく頼みます」

「はい」と大川も返事を返した。

翌日、朝9時に出勤すると、大川が素っ頓狂な声で、

「部長、印鑑らしきかけらを見つけました、これじゃないですか？」

「う～ん、法人の印鑑っぽいな、これかもしれない、ちょっとこのゴミ袋を集中して探してみよう」

大川は7時に出勤して3袋目が終わり、4袋目で宝を掘り当てた。

涼介も大川も断然やる気が出てきた。

「これだこれだ、5分の1くらい繋がったぞ、法人名のところも、少しでも復元できればお客様へ説明できるぞ、それも探そう」

涼介のテンションも上がっている。

「大川さん、これ加藤の加かな」

「そうです、部長大手柄ですよ。そうするとこの袋に藤もありますかね」

「やったー、これだこれだ、藤も繋がったぞ」

「部長、ありがとうございます。シュレッダーのゴミ探しはお手のものですね」

「大川さん、冗談は顔だけにしてくれよ」

「それって、セクハラ」

「ごめんごめん、今のは無しね」

「そういうことにしてあげますよ」

二人とも笑っている。シュレッダーのゴミ漁りで、なんでこんなに盛り上がっているのかと、不思議に思う涼介であった。

あっという間に3時間経過して時計の針は12時を指そうとしていた。

「ちょっと休んで、朝コンビニでサンドイッチ買ってきたから昼食にしよう」

「今から外に食事に行こうかと思っていました。部長、ありがとうございます。ご馳走になります」

「でもこれでやっと紛失でなく、誤廃棄でお客様や営業本部にも説明できる目途が付きそうだ、ちょっと本店長に電話して報告してみるよ」

そこにひょっこり本店長が顔を出して入ってきた。

「ご苦労様、どうだ、見つかったかな」

「はい、大川さんが朝7時に出勤して、4袋目でどうやら印鑑らしき紙のかけらが出てきました、お客様の印鑑に加えて法人名のところのかけらも探しています。加藤の印鑑のかけらも掘り当てました」

「そうかそうか、それは良かった、お客さんの帳票紛失と誤廃棄では雲泥の差だからな、情報漏えいはその後処理で全然違う、まあ原因や再発防止策も考えるけど、足元で出来ることは目途が着きそうだ、まだやるんだろ」

「いま、テンションが上がっているので、昼飯食ってもう少しやってみます」

それから、本店長はペットボトルとシュークリームを差し入れて帰っていった。

「大川さん、もう少しやろう。印鑑のところと法人名義がわかるところ半分くらい復元できるまで、探そう」


翌週の月曜日、涼介は朝一番で本店長のところに報告に向かった。

「本店長、おはようございます。土曜日は差し入れありがとうございました。シュレッダーの4袋目のごみ袋から、誤って廃棄してしまった、印鑑届のかけらを集めて、印影部分とお客様の会社名のところを、4分の1くらいまで復元出来ました。これで、まずは営業本部の担当者にお詫びと説明に行ってきます」

続けて大川も口を開いた。

「おはようございます、土曜日は出勤いただき、差し入れもありがとうございました。多少復元できたとは言え、お客様の大事な書類を誤って廃棄してしまったことはとんでもないミスです。まずは誠心誠意のお詫びと、真の原因と再発防止策を考えてまた相談させてください」

「一昨日は、お疲れ様、シュレッダーごみから、あの小さなかけらの復元は、大川さんの大手柄になるけど、とんでもないミスはミスなので、しっかり反省して再発防止に全力を尽くしてください」

「色々と申し訳ありません、ありがとうございました」

ゴミを漁って手伝ってくれた副本店長や他のメンバーにもお礼を言って、席に戻った涼介は、大川にすぐに営業本部の担当者へアポを取るように指示するのであった。

「大川さん、営業本部の担当者は誰ですか？　何部かな？」

「営業4部です」

「そうか、担当者と次長にまずはお詫びと足元の対応状況の説明に行こう、アポ取ってください」

「わかりました、すぐ連絡してみます」

おもむろに電話をとった大川からすぐ報告があった。

「中本部長、10時にアポ取れました。担当は佐藤さん、次長は五十嵐さんです」

「そうですか、じゃ9時50分になったら出発しましょう、4階かな？」

「4階です、低層階のエレベーターになりますので、宜しくお願いします」

「わかった、大川さん、切れ端で復元した印鑑届を何枚かコピーしてください」

4階の営業部に着くと、なんか皆殺気立っている。

「ここが、銀行のエリート集団か、なんかみんな怖い顔をして仕事しているな」涼介の独り言である。大川が、隅っこに座っている女性に声をかけると、奥の窓際にいる長身ですらっとした、毛並みの良さそうな30代そこそこと思われる男が応接室に目配せしてきた。

涼介と、大川は会釈して、応接に入っていくと、しばらくして、二人の男が入ってきた。担当の佐藤と五十嵐であった。

涼介は名刺を出して挨拶もそこそこに、事の経緯を話し始めた。

「先ほど、うちの大川から佐藤さんへ××会社の新規口座作成の処理で、印鑑届を誤って廃棄してしまい、ご迷惑をお掛けしたことをお話ししておりますが、大変なミスをしてしまい、申し訳ありません。原因と再発防止策は少しお時間をいただき、別途ご説明させていただく時間を頂戴したいのですが、とり急ぎ、お詫びと足元で対応したことを説明させてください。印鑑届は、誤ってシュレッダーをかけてしまいました。先週の金曜日と週末に出勤して、ごみの中から印鑑部分と法人名のところを4分の1くらい復元出来ました。お客様の大事な帳票を廃棄するという大変なミスをしてしまい重ねてお詫びいたします、申し訳ありません」

厳しい顔をしていた、五十嵐が口を開いた。

「話はわかりました、廃棄してしまったことはお客様に謝るしかないのですが、そもそもどうしてこんなことになってしまったのですか」

「はい、先週の金曜日は繁忙日でもあり、ちょうど別の会社で4月入社従業員の大量新規処理と本件××会社の新規作成処理を同じ担当者が処理しておりまして、印鑑届を登録のため、センターに送る専用のケースに置くところを、誤ってシュレッダーの箱に入れてしまったこと、また、シュレッダーをかける際、気がつかずシュレッダーしてしまったこと、この二つかと思っています。今後は、帳票ケースの場所、レイアウトも改善する必要があるかと思っています。最もこれは、再発防止の方になることかもしれませんが」

五十嵐は佐藤の方を見て、

「佐藤君、××会社の経理課長は岡田さんだったかな」

「そうです、岡田さんです。とても細かい方ですので、きちんと真の原因と再発防止策の説明が必要かと思います」

「わかった、中本さん、そういうことなので、明日までに原因と再発防止策のレターを作ってもらえますか、本店長名義で頼みます」

「承知しました。佐藤さん、大変あつかましいお願いなのですが、とり急ぎ××会社に今回起こしてしまったミスの内容とお詫びをお願い出来ないでしょうか」

なぜ私がそこまでお前らの面倒みる必要があるんだみたいな、怪訝そうな顔をしていた佐藤はめんどくさそうに口を開いた。

「五十嵐次長、一報だけいれておいた方が宜しいですか」

「そうだね、起きてしまった事象と先方のご都合を聞いて岡田課長にアポ取って、本件の経緯、原因、再発防止策のご説明にお伺いしたいと連絡してください」

「五十嵐次長、承知しました」

「佐藤さん、五十嵐さん、ご迷惑を掛けてすいません。今日中に原因と再発防止策のサマリーを作ってEメールで送ります。説明は私だけで大丈夫ですか？　本店長も行った方がいいですか？」

「いや、中本部長だけでいいですよ」

「承知しました。お時間いただきありがとうございました」

席に戻ると11時近くになっていた。

「大川さん、さっそく経緯書の作成を始めてください、まあ原因は先ほど話したところあたり、再発防止策はレイアウトの位置変更と再鑑の徹底あたりかな」

やれやれと口ずさみながら浩史は上層階の食堂に向かっていった。

もう一度、後ろのロケットエンジンをチラ見しながら、エレベーターで18階に着くと、ホールで岡田が待っていた。

岡田に涼介は軽く会釈をした。佐藤は岡田を見つけ、

「おはようございます。岡田さん、朝早くから申し訳ありません」

「いえいえ大丈夫ですよ」

「佐藤さん、雪の影響で電車は遅れましたか」

「はい、少し遅れましたが、大丈夫でした」

その会話を聞きながら、ちらっと岡田の表情を見て、「ちょっと神経質そうな方かなあ」と不安を感じる涼介であった。

広い18階執務室を通って、レインボーブリッジが見える会議室に案内されて、岡田と名刺交換を行って浩史は席に座った。3人にはちょっと贅沢な会議室である。佐藤が席に着いたのを確認すると、

「岡田課長、今日はお忙しいところ、お時間をいただき申し訳ありません」

「いいですよ、これも仕事ですから」

「それでは、今回の件についてですが、大変申し訳ありません。先日岡田様にはお電話で

概略をご説明いたしましたが、御社の大切な書類を誤って廃棄してしまうというミスをしてしまい、大変ご迷惑をおかけいたしました。本当に申し訳ございません。今日は事務の責任者の中本から本件の事象、ミスの原因、再発防止策を、お渡ししました経緯書のペーパーでご説明いたします。宜しくお願い申し上げます」

「岡田課長様、今日はお忙しいところお時間いただき申し訳ありません。先ほど佐藤の方からお話しさせていただきました通り、大変なミスをしてしまい、お客様の大事な書類を廃棄してしまうというあってはならないミスをしてしまいました。本当に申し訳ありません」

「佐藤さんからも電話いただき概略はお聞きしています。私が知りたいのは原因と再発防止策のところです」

「はい、それではお手元のペーパーにあります通り、ミスの原因は二つございます。一つは、御社の印鑑が押捺された印鑑届を誤ってシュレッダー箱に入れてしまったこと、そしてもう一つは、シュレッダーをかける際、よくよく注意してかけなかったことになります。これは事務のプロとしては言い訳になってしまいますが、発生した先々週の金曜日は、事務処理がとても忙しい日で、ちょうど別の会社の4月に入社する従業員の大量新規口座作成と御社の新規作成業務が重なっておりました。帳票を整理する際、従業員新規口座の書類に添付されている案内メモ書きを、シュレッダーにかけるのですが、その書類と一緒に御社の申込書が混在してシュレッダーの箱に入れてしまったようなのです、そして、シュレッダーをかける際は、1件1件裁断する際に、確認しながらシュレッダーにかけるように徹底しているわけでございますが、それがきちんと徹底できていなかったこと、形骸化してしまったことは否めません。大変申し訳ありません」

「毎日どのくらいの量をシュレッダーかけるのですか」

「そうですね、ここ口座作成ラインで、多い時は、大きな袋二つくらいになりますかね」

「印鑑届は口座作成後はどのような処理になるのですか」

「印鑑届は、処理後は、専用のケースに入れておき、夕方纏めて事務センターに送付する手続きとなります」

「シュレッダーの箱と、印鑑届を事務センターに送る専用の箱は近くにあるのですか」

「そうなんです、その二つの箱が近くにあって誤って置いてしまったことも原因の一つで、再発防止策のところでも触れますが、場所を移そうと思います」

「そうですか、原因は分かりました。続けて再発防止策の説明をお願いします」

「はい、お手元の資料2枚目をご覧ください。新規ライン席レイアウトをお示ししています。ミスの原因にもなっていると思われるのですが、現状はシュレッダー横に棚があって、そこに登録書類やセンターに送る専用箱があります。ちょっとシュレッダーの場所と近すぎるので、場所を移して、担当役席の横に置くようにします。そこにセンターへの持ち出し袋を置いて夕方送るようにすることと、あとシュレッダーにかけるものは、蓋つきの箱に変更します。そしてシュレッダーにかけるのは、業務終了後に2名体制にいたします。あまり手間と人数をかけたくないのですが、やはりここは確りと抑えるところでもあり、そうしようと思っております。1枚、1枚確認しながらシュレッダーをかけることで、最後の砦になるのです。以上になりますが、今回このようなミスはプロとしてお恥ずかしい限りです。ご迷惑をお掛けして改めてお詫び申し上げます」

「ご丁寧な説明よくわかりました。ところで、説明資料3枚目の印鑑届の写しのつぎはぎは、シュレッダーのゴミから復元したのですか？」

「そうでございます、我々としては、大事な書類を完璧に復元しようと探したのですが、シュレッダーゴミのかけらがあまりにも小さすぎて、ようやく印鑑部分と会社名のところ、4分の1くらいの復元しかできませんでした、申し訳ありません」

「ここまでやってくれたのですか？　よくここまで復元出来ましたね。いや、感心しました。これじゃあ、印鑑登録できないから新しく提出しますよ、それがないとおたくも困るでしょう」

「ありがとうございます。お手間をお掛けして申し訳ありません」

「中本さん、復元にはどのくらい時間がかかりましたか？　ゴミ袋は何袋くらいあったのですか？　相当時間がかかったでしょう」

「本店長以下総出でやりました。シュレッダーのゴミ袋10袋くらいですかね。私と担当の役付者で休日出勤もしてしまいました。お客様の大事なものを出来るだけ復元しないといけない一心で探しました」

「まあなかなか出来ることじゃないですね。銀行さんも大変だ」

涼介の方を見て岡田も笑っている。

和やかな雰囲気を悟った涼介は、ここぞとばかり例の話を始めた。

「朝、雪の関係で、少し早めに御社に到着したので、ロビーのロケットエンジンを眺めていました。ものすごく大きいですね、あれで月に行ったのですか」

「月ではなく、宇宙ですね、あれはサンプルです。国内では弊社しかできない技術なのですよ」

「そうですか、そのうち月面旅行が出来るようになると思うと、ロマンを感じますね」

「中本さんは、ロマンチストですね、そんな風に見る方はあまりいませんよ、でもそう感じていただけると嬉しいですね、ありがとう」

「またロケットの話を聞かせてください」

「いつでもいいですよ、そういう話の方が面白いよね。ミスの話はこれっきりにして欲しいですな」

「申し訳ありません、これっきりになるよう心してかかります。今日はお時間いただきありがとうございました」

「中本さん、佐藤さん、もう11時だから、うちの食堂で昼飯でも食べていきますか？　でもお詫びに来て昼飯もないか？　そうだ、今度夕方来てよ。レインボーブリッジが見える食堂が夕方からお酒も飲めるので是非一緒に飲もうよ」

「そういうことでしたら、中本と一緒に是非お伺いいたします」

「約束だよ。月末くらいにでもやりましょうかね」

帰り際、あのぶすっとしていた佐藤も、

「良かったですね、早めに来てエンジンの観察しておいて、話が盛り上がって、私も中本さんの話の順序立てなど、勉強になりましたよ」

「そんなことないでしょう、優秀なんだから、是非これからも稼いでくださいな」

外は、雪もやんで暖かくなってきた。太陽がまぶしい。

本店に戻った涼介はその足で、本店長や副本店長にことの顚末の説明に向かった。

自席に戻ると、

「あら、イケメンの笹本次長がどうしましたか？」

「中本さん、お知恵を貸してください」

「どうしたのかな、笹本次長には大きな借りがあるから返さないとね、なんか困ったことですか」

「実は、営業本部先ではない取引先で、法人定期預金5000万円の解約に社長が来ていて、その社長は共同代表で、口座名義の代表取締役名義は、もう一人の代表者なのです。商業登記簿謄本で確認しました。代表者なのでやってもいいとは思うのですが、なんか引っかかっていて、中本さんに聞いてみようかと。本部のヘルプ窓口に電話したら問題ないと言っているのです」

「笹本さん、もう一人の代表者へ念のため、電話して確認したほうがいいよ。この手の話は、社内紛争になっている可能性が高いよ。だって普通預金にもかなりの残高あるのでしょう。定期を解約してどうするの、振り込むの？　普通預金に入金するの、当座への入金かな？」

「当座預金に入金すると言ってました」

「当座であれば、小切手を切れば資金の付け替え出来るよね」

「そうですね、社長に一緒に会いましょうか」

「そうしていただけると助かります」

「じゃあ、監視カメラのある応接室へ案内してください。すぐ行きますから」

「大川さん、５分したらお茶を３つ入れて持ってきてください。監視カメラの応接室になります」

「中本部長、何かあったのですか」

「ちょっとね、イケメン次長が困っているから、立ち会ってやろうかと」

「そうなんですか、よくわかりませんが、５分後にお茶持っていきますね」

「警察沙汰にはならないと思いますが、30分して帰ってこなかったら、応接へ電話ください」

「わかりました」

監視カメラ付きの応接室は、その筋の来店や、トラブルやクレームのお客様、話が長引きそうなときに使う応接室である。

涼介は応接室に入って行った。

「後方で事務の責任者をしております中本でございます」

「がん首揃えて何事ですか？　自分の会社の預金を引き出すのに、何でこんな部屋に連れてこられるのですか」

「はい、申し訳ありません、社長。口座名義の代表者は、〇〇様になっておりまして、金額も大変大きく、我々はお客様の預金をお守りする必要がございます。大変申し訳ありませんが、もう一人の代表の口座名義の方に、念のため連絡して確認させてもらってもよろしゅうございますでしょうか」

「これは、俺の兄貴だ、俺も社長なんだからいいだろ、出来るだろ、早くやってくれよ」

「大変申し訳ありません。なにとぞ連絡させていただけないでしょうか」

「今いないよ、出張に行ってるから」

この言葉を聞いた涼介は確信した。

「絶対内紛になっているな」と心の中で思っていた。そして口を開いた。

「いつもご利用いただきありがとうございます。お兄様の携帯にお電話してもよろしいでしょうか」

「それは困る」

「どうしてでございますか」

「このことは兄貴は知らないんだよ、早くやってくれよ。出るとこ出てもいいんだよ。預金の引き出しを拒否する銀行だと、ＳＮＳにアップしてもいいんだな」

「それは困ります。そのようなことは極力回避いただきたいですが、私どもからお客様のすることを止めることは出来ません。でも何とかやめて欲しいのはやまやまですが、どうしようもございません」

「わかった、そうするからな。今日はこのまま帰る。ただじゃすまないぞ」

捨て台詞を吐いて帰っていった。ちょうど30分の対応であった。


席に戻った涼介は一応、昔お世話になった事務統括部の菊丸さんに電話をかけ始めた。

「菊丸さん、中本です。元気でやってますか？　相変わらず残業してるんでしょ」

「なんだ、中本さんじゃないですか？　どうしたのですか？」

「あのさ、港町の時と同じようなことがあってさ、法人定期の解約に共同代表の一人が来られて、口座の代表は来られた方の兄貴で、お兄さんに念のため連絡とらせてくれって言ったら、捨て台詞を吐いて帰ってしまってさ」

「そんなの中本さん得意の真骨頂じゃないですか。たぶん会社内で内紛でも起きてるんじゃないのかな」

「そうだよね、港町のことがピンと来たんだよ、ありがと。そうだカスタマー室にも電話しておくよ」

「中本さん、相変わらずトラブルしているね、それがないと中本さんは、暇になっちゃうからね」

「まあ、そうだね。今日は朝からロケットエンジンを見てきた。ちょっと外出してさ」

「またなんかやったんですか」

「ちょっとミスって、印鑑届をシュレッダーしてしまって、最後はロケットエンジンで盛り上がっちゃってさ、楽しかったよ。菊丸さんありがと、また宜しく」

「そうだ、昼飯食ってないよ。久しぶりに美味しいうどんでも食べてくるかな」独り言を言いながら駅に向かう浩史であった。


（完）

第六章　フラッシュバック　～あとがきに添えて～

あっという間に、3メートルくらい下まで頭から転げ落ち何とかとまった。

２０２２年夏の出来事である。

「何が起こったんだろう」空を見上げた。

まだ生きている、起き上がれないでいた。

頭から「でんぐり返し」を2回くらいしただろうか、全身が痛い。

かけていたサングラスの額から何かぽとぽとと流れている。

指で触ってみると赤い血であった。薄いウエアにも血が付いて流れていた。

「やばい、大丈夫か」両ひざ、両腕、背中を打っていた。

しばらく横たわったままで10分ほど経っただろうか。

「ここはどこだろう、俺は何をやってるんだ、体が痛い」

あたりは霧に包まれていた。何が起きたのか、必死に思い出そうとしていた。

「そうだ、登山に来ているんだ。今日は3日目、常念岳から蝶ヶ岳に向かうところだ、俺、滑落したんだ」もう一度空を見上げた。霧で何も見えない。

我に返った。痛い腕で地面を押さえ横向きになりながら、何とか座ることが出来た。頭に手を当てると、帽子もない、手に持っていたストックもどこかに飛んで行ってしまった。

額から血が流れて、地面にもぽたぽた落ちている。

ザックを何とか背中から外して中から救急セットを取り出した。

包帯ガーゼで、何度も何度も額に被せて血を止めようともがいていた。

「これじゃあ、だめだ、血が止まらない」首に巻いていたバンダナをはちまきのように畳み、額に押しつけてぐるぐると巻いてみた。

「ようやく血が止まった、何とか止血することができたぞ」

崖の上の方を見たが、人影も見えない。

「どこで道を間違えたんだろう、歩いていた人の流れで行ったのに、そうだ、ザレ場が続いていて、あそこをまっすぐに行ったんだ、そして間違えたと思って戻ろうしたら足を滑らせ落ちたんだ、俺、なにやってるんだ」

ザレ場とは、細かい石や岩が多くて滑りやすく登山では要注意の場所である。

あいにく骨折や頭を強く打ったわけでなく、ザックがクッション代わりになってなんとか助かったようである。命拾いをした。

3年前に亡くなったおやじが「こっちに来るのはまだ早い」と助けてくれたんだ。

これは、2022年8月、北アルプスで滑落した話である。

本当に死ぬかと思った経験談です。その後の話はこうだ。

何とか止血をして、蝶ヶ岳ヒュッテ（山荘）に到着し、そこにいる山岳警備隊（後で知ったのですが、蝶ヶ岳ボランティア診療所のスタッフだったようです）の方に滑落してしまったことを話したところ、すぐ額の傷をみていただき、

「う〜ん、けっこう深いですね、明日上高地に下山したら診療所に行って診てもらった方がいい」と言われ、その翌日の登山最終日、蝶ヶ岳から上高地に向け下山、途中、徳沢園で上高地診療所に電話して診てもらうことになりました。

診療所に行って事情を話して傷を見せたら、すぐ、縫った方がいいと言われ、常駐している信州大学の先生に13針縫ってもらったところ、出血してしまい、血が止まらなくなったようで、点滴を打ち、松本の病院でもう一度、診察することになってしまい、何と、救急車に乗って、ヘリポートまで行き、そこからドクターヘリに乗りかえ、松本の病院まで運び込まれてしまいました。

上高地から救急車でも数時間かかるのに、ドクターヘリは15分、びっくりです。

ドクターヘリには、若い先生（信州大学の先生）が乗っていて、ヘッドホンみたいなも

のをさせられて、先生から「大丈夫ですか、吐き気はありますか、オデコは痛いですか」、などと言って貰ったような記憶があります。

ヘリコプター内でも診察になるようで、後で診察費用を請求されました。上高地診療所の先生から（松本の病院へ先生が電話されていたのを聞いていた）、重症患者と言われていたのか、松本の病院に到着すると、複数の先生や看護師の方達が待ち構えていましたが、額の傷を見たとたん、すーとスタッフがはけていってましたね、お笑いです。ちょっと貧血だったのか、点滴を打っていて、ぼ～としていましたが、うっすらと覚えています。

登山に同行した仲間二人が、心配して上高地の診療所まできてくれて、点滴している私の姿を見てびっくりし、家内や子供に電話したようで、家に帰ってから、家内にこっぴどく怒られました。

松本の病院では、念のためＣＴを撮ってもらいしばらく安静にしていましたが、大丈夫と言われ電車で帰りました。

とんだ笑い話になりましたが、よくよく考えると、無理をしてはいけない、山を侮ってはいけない、自分の体力を考えてゆとりを持って計画を立てる、ことを痛感しました。

山はいつでも登れる、無理だったら撤退の判断をする、今回登山道を左に曲がっていくところを、まっすぐ行ってしまい、今考えると、あそこの手前で一呼吸おいて、周りを見て（前方に人がいた筈）その方向に行っていれば今回のようなことは起きなかったと思います。

あれから2年経ちますが、まだ同じ道のりをリベンジ出来ず、たまに夜寝ていると「フラッシュバック」あの滑落した瞬間を思い出すのです。

機会があれば、北アルプスに行って、どこで道を間違えたのか、リベンジしてこようと思います。

これが私の「フラッシュバック」で、その後の登山では、より慎重な計画や行動に繋がっているような気がします。これも人生ですね。


前置きはこのくらいにして、最初の出版本「バンカーの叫び」から2年経ち（いま、せっせと書いているので2年、続編出版時は3年くらいかもしれません）、おかげ様でちょっとした反響をいただき、「続編はまだか」と、知人・友人・同僚からしつこく言われておりました。

そして一念発起し、また書き出しはじめ、「続　バンカーの叫び」が、ここに完成した次第です。

第一章から第五章までは、あくまでもフィクションであり、登場人物、内容など、すべて架空のものになります。

本章の第六章は、「フラシュバック〜あとがきに添えて〜」のお題目で、登山で危うく死ぬところだった体験、その他、皆さんへのお礼・思いつきの内容になってしまいますが、もう少しお付き合いください。

クレーム・トラブルの話や、ハラスメント、ひいては組織論・経験論などについては、第一作で書かせていただいておりますので、ご興味のある方は、是非お読みいただければ幸甚です。


第一作を書き上げ出版準備している年の12月、すなわち2021年12月に父親が、93歳老衰で亡くなりました。出来上がった本を見せたいと、第一作の「あとがき」に書いたのですが、間に合わなかったのが心残りでした。

でも、前述の「フラッシュバック」にも書きましたが、滑落した際、命を助けてくれたのは父親だったと思っています。職人気質でとても頑固な父、盆暮れ以外は自宅敷地内の工場でおじと一緒に糸を巻き、そして朝から晩まで、時には夜なべもして、糸を染めていた記憶が思い出されます。

あとで妹に聞いたのですが、高校3年の時に就職のことで、高校の担任（3年間同じ先生）が、私がいないときに自宅に来ておやじを説得してくれたらしいのです。私は長男なので父親は地元で就職して欲しかったらしく、一方、高校の担任は、東京からいい求人が来ているのでそこを受けてみてはどうかと思っていたようです。先生もおやじ両方頑固者で、最後はおやじが折れたみたいです。

その高校の恩師も、父親が亡くなった1ケ月前にこの世を去ってしまいました。先生のご子息と連絡を取って先日墓参りに行ってきました。

「先生、本当にありがとうございました。先生がおやじを説得してくれて、背中を押してくれたおかげです。先生には感謝しかありません」

それから、２０２３年2月に高校時代の親友も病気で亡くしました。歌が好きで、本当に上手くて、テレビにも出ましたね、十八番はマイ・ウエイ、私の結婚式でも歌ってくれました。先日お墓参りに行ってきました。

第一作のつづきになりますが「私の考える組織、そもそも組織はどうあるべきか」を、またお話ししたいと思います。

こんなことを現役時代は考えていました。

「声かけノート」です。今日は誰にどんなことを話そうか、声をかけようか、毎朝電車の中で考えていました。

「声かけノート」に自分の部下のイニシャルを書いて、「正の字」で回数をカウントするのです。

えこひいきをしないために、記録していました。日記みたいなものですね。

内容も簡単にひとことで、こんな具合です。

Aさん…◯／◯　好きな食べ物

Bさん…◯／◯　昨日のスポーツ番組

毎日、「おはよう、おはよう」と皆のところに挨拶にぐるっと回り、そのときに声をかけていくのです。毎日やっていると、その表情でなにか悩みがあるのかな、疲れているのかな、体調がすぐれないのかな、何かあったのかな、とかいろいろと見えてくるのです。そうこうしていると、向こうから言ってきますよ。

特に休みはどんなことをしているのか、今、そんなことを聞くと「セクハラ」になるのかな。いや、そんなことはないと思いますよ。信頼関係があることが前提でしょうが、大丈夫です。自分のことから色々しゃべっていけば、きっと心を開いてくれます。なにより朝のこの時間を大切にしていました。

「おはよう、おはよう」は枕詞なのです。昼間に皆のところに行って、

「こんにちは」と言って回ったら、この人おかしいと思われますから、朝が一番いいのです。それも笑顔で接することが大事です。

あとは、「オンとオフ」の切替えですね。休みを有効に使える方、休暇をきちんと取れる方は、集中力を発揮しますね。私の経験からそう思います。

ハラスメントで昨今騒がれている「カスハラ」。

散々顧客対応した私から言わせると笑っちゃいますね。これは人それぞれ考え方があるので一概に言えないと思いますが、お客様商売していると、些細なクレーム、暴言、理不尽な言われ方、など、日常茶飯事ですよ、お客様は神様なんて微塵も思いませんが、お客商売なのですから。

お客様がいて、我々お給料をいただけるのです。

私の経験から、これが、ベースですね。なんか「カスハラ」の報道を聞いていると、お客様を見失っているような気がするのは、私だけでしょうか。

「カスハラアドバイザー」でもやろうかな、独り言です。

クレーム・トラブル対応をバイトやパートの方だけに押し付けていたら、ダメですね。もちろん部下にもですよ。

自分から行くこと、それも複数で、よく話を聞かないと、一線を越えているかどうかの判断するのが役職者・マネジメントの役割です。それなりに給料をもらっているわけですから、給料に見合う仕事、これが自分に課せられた仕事なのです。

そこを部下に押し付ける、履き違いするとその組織はダメですね。

理不尽な顧客対応していて、モノを投げる、暴言を吐かれ脅迫・怖い思いをする、金品を要求される、何かを強要される、例えば土下座。警察呼べばいいのです。すぐ来てくれますよ。決して呼ぶのに怯んではいけません。怖くなったらそれは一種の脅迫です。警察呼んだらいいのです、それがマネジメントの使命です。

36年間の顧客商売をしていて、今振り返ってみると色んなお客様と会ってきました。でも今考えると「いいお客様が多かったなあ」と思うのです。

理不尽なことを言われた経験も何度もありました。怖い思いも何度もしました。数多くのクレーム・トラブル対応もしてきました。

でも、それより嬉しかったお客様の方が圧倒的に多く、記憶に残っています。

これがあったからクレーム・トラブル対応が出来たと思うのです。

とりとめのない「あとがき」になってしまっていますが、思うがままに続けて述べていきたいと思います。

最近電車の中の光景で、優先席を譲る若者をよく見かけます。

良く周りを見ているのです。とても優しい目をした若者、心が温かくなります。そんな優しい若者が多い気がします。日本人の真心「おもてなし」はまだまだ捨てたもんじゃないですね。そんな若者が日本を背負って立つ、どんよりした日本経済、明るく希望に満ちた未来がないと、幸せな人生にならないですな。不景気で何かというと批判が絶えない、情報が多すぎて、物事の本質がどこなのか、あまりにも展開が早いのでわからない、立ち止まる時間もない、目まぐるしく変わっていく社会、ゆとりが無くなっていますね。もうちょっとのんびり行きましょうよ。ゆっくり考える時間が必要なのではないですかね。

モノが溢れ何でも買える世の中、昭和世代の筆者は、何かに頑張ってこれをやり遂げたら、これを買って欲しい、運動会で一等賞を取ったら、これが欲しい、お年玉でこれを買いたい、モノを買うのにもありがたみがあったですね。

必死に生きてきたわけではないですが、その頃の方が厳しかった時代ですが、楽しかった。

「お金がない、貧乏だ」でもそれなりに生きてこれた、贅沢しなければ何とか生活出来た。何もかも要求出来ない時代、分相応の生活すればよかった時代、懐かしいですな。

36年間勤めた本社ビルが今度取り壊して、建替えになるので、その時一緒に働いたメンバーが80人ほど集まって同窓会をいたしました。

「みんな、年を取ったけど生き生きしていたなあ」が第一印象です。

まだ現役の方もたくさんいたけど、かっこよく年をとっていたなあ、とても楽しい時間でした。


人と人の繋がりは相手を思いあえば信頼は崩れません。

でも一瞬で信頼関係が崩れてしまいます。だから人との接し方、言動、より慎重にするべきです。信頼関係が崩れると、取り返すことは出来なくなるのです。

友人であれば所謂「絶交」状態です。こうなったらもう修復は困難でしょう。

修復には相当な時間が必要になりますね。

距離の取り方も重要です。ずかずか入って行き過ぎるのもダメですね。

一定の距離感を大事にしたいものです。

組織は何といってもトップの考え方が大事です。ここでいうトップとは社長はもちろん、ラインのマネジメント管理者も含まれます。

魅力ある上司、明日も明後日もその次も行きたくなる組織にするためには、この人には付いていきたい、この人となら楽しく仕事が出来る、お金ではありません。

生きがいです。人は楽しく生きがいがあれば、辞めることはないのです。

離職率が低い職場はそんな組織ではないでしょうか？

そういう組織は団結力があります。足腰が丈夫で頑丈です。ちょっとしたことではびくともしません。前述した「カスハラ」なんか怖くもありません。団結して皆で会社を守ります。私はそう思うのです。

「パーパス」最近こんな言葉をよく耳にします。私の会社でも「パーパス」を設定しています。個人でも設定しているのですが、私個人の「パーパス」は、

「明日も明後日も、その先も行きたくなる組織づくり」としています。

カッコつけてもしょうがありません。簡単でいいのです。

「パーパス」とは、ビジネス用語で、ある本によると「企業の社会的意義や志」を意味するそうです。難しく考える言葉では、会社のだれもがよくわからないことになってしまいます。単純でいいのです。

売上重視、収益重視、会社なのだから利益を追求して、増やす努力は当然必要です。給料をもらうわけだから、ビジネスだから、当たり前のことです。

ただ、組織をダメにしてまでも果たして必要でしょうか？

会社も人の集まりです。一人一人の人間が集まって成り立っているのです。

それぞれ社員にも役割があります。稼ぎ頭の部門、管理する部門、総務的なことをやる部門、どれも大事な組織です。そのことをマネジメント、特にトップがそこを理解し、ちゃんとわきまえて見ているか、そういう行動をしているか、そういう会社は伸びていきますよ。トラブルや不祥事があっても、きちんと対処できます。責任の取り方を知っています。原因追及、真の原因はなにかをとことん突き止め、再発防止を考えることができます。

その出来事をバネにして、原動力にして、反省し、より高みを目指す企業になっていきます。

コミュニケーションの取り方で参考になればと思います。

毎朝「おはよう、おはよう」と声かけノートについて前述しましたが、これは特に中間管理職の方にお勧め出来ます。まずは、そこ一点に絞って一週間続けてみてください。面白い発見がありますよ。そのうち皆が笑顔になっていきますから。

私の経験で、ある日トラブルがあって、朝からバタバタしていました。

3日ぶりに朝から挨拶で回ってみると、皆心配そうな顔をして、

「なにかあったのですか、大丈夫ですか」と逆に心配されるようになりました。しばらく

朝見かけなかったので心配されるのです。皆、楽しみにしているのです。朝の挨拶と雑談を、嬉しいですなあ。

コミュニケーションの原点はこれではないでしょうか？　畏まって面談なんてしても心を開いてくれません。それも上司風を吹かせて、上から目線なんてもってのほかですよ。いいんです、ちょっとした雑談で、面接はあとに取っておくのです。

ここぞという時に出すのです。何か困っていて、立ち話では無理そうだったら、呼んで話を聞いてあげるのです。そうするとより信頼感を得るでしょう。

勝負をかけるときに取って置きの「虎の子」を使うのです。向こうからも言ってきますよ、話を聞いて欲しいと、そうなればこっちのものです。信頼関係が出来れば、仕事もスムーズにいきますよ、マネージャーは何かあったときに出番がきます。困っていたら全精力をかけて助けるのです。対策を考え行動するのです。

人任せにしてはダメです。自分から行くのです。

昨今、テレワークが定着し、働き方も変わってきました。働き方改革は合理性もあるし、とてもいいことだと思います。でも適度な回数がいいですね。

パソコンの会議で顔は見えるとはいえ、Ｆａｃｅ Ｔｏ Ｆａｃｅで時には話さないとつまらないですよね。テレワークはせいぜい週1回、多くて2回でしょう。

あと、最近コールセンターが無くなりつつありますね。昭和の人間は電話で話さないと解決しないので電話しようと思っても番号がわからない、会社によってはホームページに代表電話番号も記載しないところもありますよね。

どうなっているのか、びっくりです。あと、フリーダイヤルに電話すると、何番のボタンを押してくれと、やたら多くて困りますよね。そういう時代になっちゃって、人と人の触れ合いがどんどんなくなってきています。

コストがかかる、人がいないというのは分かりますが、極端すぎると思うのです。皆さんもそう思いませんか？

合理化もいいけど、何もかもチャットでは煩わしくてしょうがありません。

前述の「カスハラ」について、顧客対応は商売の基本、この商取引の中で、法整備する、こんなことが出来るのでしょうか？

どこでハラスメントの線を引くのでしょうか？　怒っている方を目の前にして、ちょっと待ってください、これは「カスハラ」に当たるか確認しますので、なんてその場で言えるのでしょうか？

企業活動の中で、限度を超える顧客については、きちんとした役職者、マネジメントが確り対応できる組織、それが本来の会社だと思うのです。法整備に頼るなんて、なんか本末転倒のような気がするのです。

第一作の出版から2年経ちますが、組織の在り方、考え方は今でも変わりません。本書続編でも、全く同じ文章を掲載してみることにしましょう。

私の愛読書　荻原浩さんの『神様から一言』からの一場面。

この本は私の顧客クレーム対応の原点で何度も読み返しました。この本にはこんなフレーズがあります。クレームの電話に対して、自然に「立って頭をさげてお詫びしてしまう。そうするとなぜか先方にもそれが伝わるんだ」というフレーズ。私の経験からもまさにその通りだと思うことが何度もありました。クレーム・トラブルは、一長一短、答えがあるわけでもなく、マニュアルなんてものはあってもないようなもの、数多く経験していくしかないのではないでしょうか?

人間だから間違いもする、理不尽なお客もいる、怖い思いもする、言いがかりもあるでしょう、でも決して逃げていては始まらない、解決しない、誠意が伝わらない、と思うのです。なぜ顧客は怒っているのか、何が気に食わないのか、接客が悪かったのか、言葉使いが悪かったのか、何が原因なのか、を突き詰めていくことです。それから、何よりも大事なことは、組織のトップの考え方、行動力と判断です。部下任せにはしないことです。自分が当事者にならないと、そういう気持ちで対応しないと、変な方向性に行ってしまい、解決するものも解決せず、極端に言えば、顧客の信頼、働く社員・部下の信頼も失ってしまうのではないでしょうか？

そして、クレームやトラブルに遭遇したらまずはどのようなアクションを起こしたらいいのか。それは、その時にならないとわかりません。

まずは部下の話をよく聞くことです。当方非なのか、先方非なのか、要望なのか、クレームなのか、事務ミスなのか、言いがかりなのか、話をよく聞いて見極めないといけません。すぐにお客の前に出ていくことも場合によっては必要ですが、まずは、顧客がなぜ怒っているのか、部下の話を聞くことでしょう。顧客はもしかしたら当社のファンでお小言なのかもしれません。

当方に非があったら、何時間かかってもいいくらいの気構えが必要です。頭を下げ、真剣に真面顔でお詫びし続けて、誠意をみせることです。土下座はする必要ありません。部下を出せといっても、責任者からお詫びさせていただく、この一点・これが誠意と訴え続けるのです。そのあとは、このミスに対するリカバリーをどのように行うか、具体的に示して期限を切って確実に対応を行うことです。そして途中も含め報告、そして最終完了報告することです。最後にもう一度誠意を持ってお詫びすることです。

当方非ではない、言いがかりや脅し、不当要求などにあたるケースは？

この手の話には、必ずと言っていいほど「毅然対応する」なんて言葉が聞かれますが、やれるもんだったらやってみろ、出来るもんだったらやってみろ、と私は言いたくなります。何されるかわかりませんので怖いです。怖くていいのです。怖いと言えばいいのです。そして警察に来てもらいます。私は、来客者に一応断って警察に連絡しました。110番でも構いませんが、日頃警察とコミュニケーションを取って、名刺交換、季節の挨拶、顔見知りになっておくのがベターです。

警察によって対応は違うかもしれませんが、大抵相談に乗ってくれます。

―クレーム・トラブル対応で大事なこと―

・人を変える（接客担当者を交代する）

・場所を変える（接客場所を変更する）

・時間を変える（少し時間を置く）

私は、いつも頭の片隅にこれを置いて対応していました。接客時でも電話でも同じです。そしてここぞという時にタイミングよく出ていくのです。

私の好きな言葉に、

「人は石垣　人は城　人は堀　情けは味方　仇は敵」という武田信玄の有名な言葉があります。ようは所詮組織は人の集まりなので、それ以上でもそれ以下でもありません。一人の力なんてたかがしれていると思うのです。組織のモチベーションアップには、人を大事にする、部下を大事にする、えこひいきしない、同じ目線で見てあげる、失敗したらきちんと具体的にどこが悪いのか叱る、原因はなんだったのか、そしてどうしたらいいかを部下と一緒に考える、方向性を示して、アドバイスしてやる、そうすることによって部下から信頼される、引いては上司からも信頼される、業務をスムーズに遂行できるようになるのではないでしょうか？　他の組織の人も大事にしたいものです。出来ることはやってやる、協力は惜しまない、腹を割って話す、そうするといざ困ったときに助けてくれるものです。そういう付き合いをしたいものです。ギブ＆テイクです。

人は財産です。ですから私は、人材のことを人財と呼ぶようにしています。仕事はチームワークで行うものです。きちんと教えて、勉強させて、ローテーションをして他のことも覚えてもらう、よく出来たら褒める、出来なかったらなぜ出来なかったかを一緒に考えてあげる、物事には背景があります、その目的や方向性を具体的に示して上げる、業務の役割分担をきちんと説明・指導する、なにもさせない、自分で考えろ、なんて言ってるようでは組織をうまく使えないのではないでしょうか？　具体的に指示する、やらせるのではなく、やりたいように仕向ける、考えることによって、人は工夫し、一の力が一・五にもなっていくものです。社員でも派遣社員でもアルバイトでも業務上、常に平等に認めてあげるのです。そうすると皆のモチベーションが上がり、効率よく、仕事も楽しくなるのです。人財育成は永遠の命題です。自分も楽になるし、もっと色々なことを考える時間を作り出せます。

最後に、話は変わりますが、ここ数年でかけがえのない人を何人も亡くしました。

「頑固で生糸一筋の父親」

「高校時代の恩師、担任」

「歌が好きでかけがえのない親友」

「同じ会社で一緒に仕事した戦友と言える学校の後輩」

「第二の職場で一緒に仕事をした同僚」

前述している方もいますが、数年でこれだけ逝ってしまうとさすがに堪えます。

悲しくて悲しくて故人を偲び、辛かったなあ。

先日、87歳の母親と妹と一緒に温泉に行ってきました。両親とも働き詰めの毎日で子供の時など泊まりで家族旅行に行った記憶がありません。少しは親孝行ができたかなあと、妹と話しました。

実家で一人で暮らしている母親、もう88歳になります。元気で生涯を全うして欲しいものです。母親には、「耐える」ということを教えてもらった気がします。


あと、最後の一言は、家内には本当に感謝です。「ありがとう」と言わせてください。

私は、色んなことに興味を持ちすぎるたちで、最近は登山に嵌り、下手なゴルフもやる、そして最近の冬は若い時にやっていたスキーなんかにも興味を持ってしまい、仲間が出来て、この冬は、泊まりで5回も行ってしまいました。

ここのところ、あまり海釣りには行っていませんが、単身赴任のときは、日本海に行きました。波が高く、船酔いしながら鯛やアジ、イカなどを釣ったものです。

好きなことをやらせてもらって、でもあまり無理しないでもう少しチャレンジしようと思います。仕事もほどほどにやっていれば、オンオフの切替、リフレッシュできますね。

与えられた寿命があることに感謝して残りの人生を駆け抜けていきますよ。


そして、この「続 バンカーの叫び」の出版できたことに感謝です。

読者の皆さんもどうか、お元気でお過ごしください。
ありがとうございました。これで「バンカーの叫び」は完結です（笑）。

『バンカーのされどバンカーここにあり
泣いて笑った我が人生なり』

完

呉虎男名義の既刊好評発売中！

バンカーの叫び

四六判・152頁・本体価格1100円・2022年

ISBN978-4-286-23362-8

「クレーム」と「トラブル」対応に奔走する男たちを描く企業小説集。最終章では、著者が企業人としてこころがけていたこと、大切なことを惜しみなく披露。第一章 マル暴への反逆／第二章 パワハラにモノ申す／第三章 セクハラなんか糞くらえ／第四章 続・マル暴への反逆／第五章 ミスは現場で起きる／第六章 クレトラ対応の神髄～あとがきに添えて～

著者プロフィール

呉 虎男（くれ とらお）

1962年群馬県生まれ。
中高年登山、下手なゴルフ、若い頃の杵柄で最近はスキーを再開、勤務先では「休暇取得アドバイザー」の異名を持つ（笑）
初の著書に『バンカーの叫び』（2022年、文芸社）がある。

続 バンカーの叫び

2025年2月15日　初版第1刷発行

著　者　呉 虎男
発行者　瓜谷 綱延
発行所　株式会社文芸社
〒160-0022　東京都新宿区新宿1－10－1
電話　03-5369-3060（代表）
03-5369-2299（販売）

印刷所　株式会社フクイン

ISBN978-4-286-26172-0